中嶋鬼谷＝編著

峡《かい》に忍ぶ

秩父の女流俳人、馬場移公子《いくこ》

序◉金子兜太　跋◉黒田杏子

藤原書店

夜の枯野躓きてより怯えけり　移公子

自筆短冊

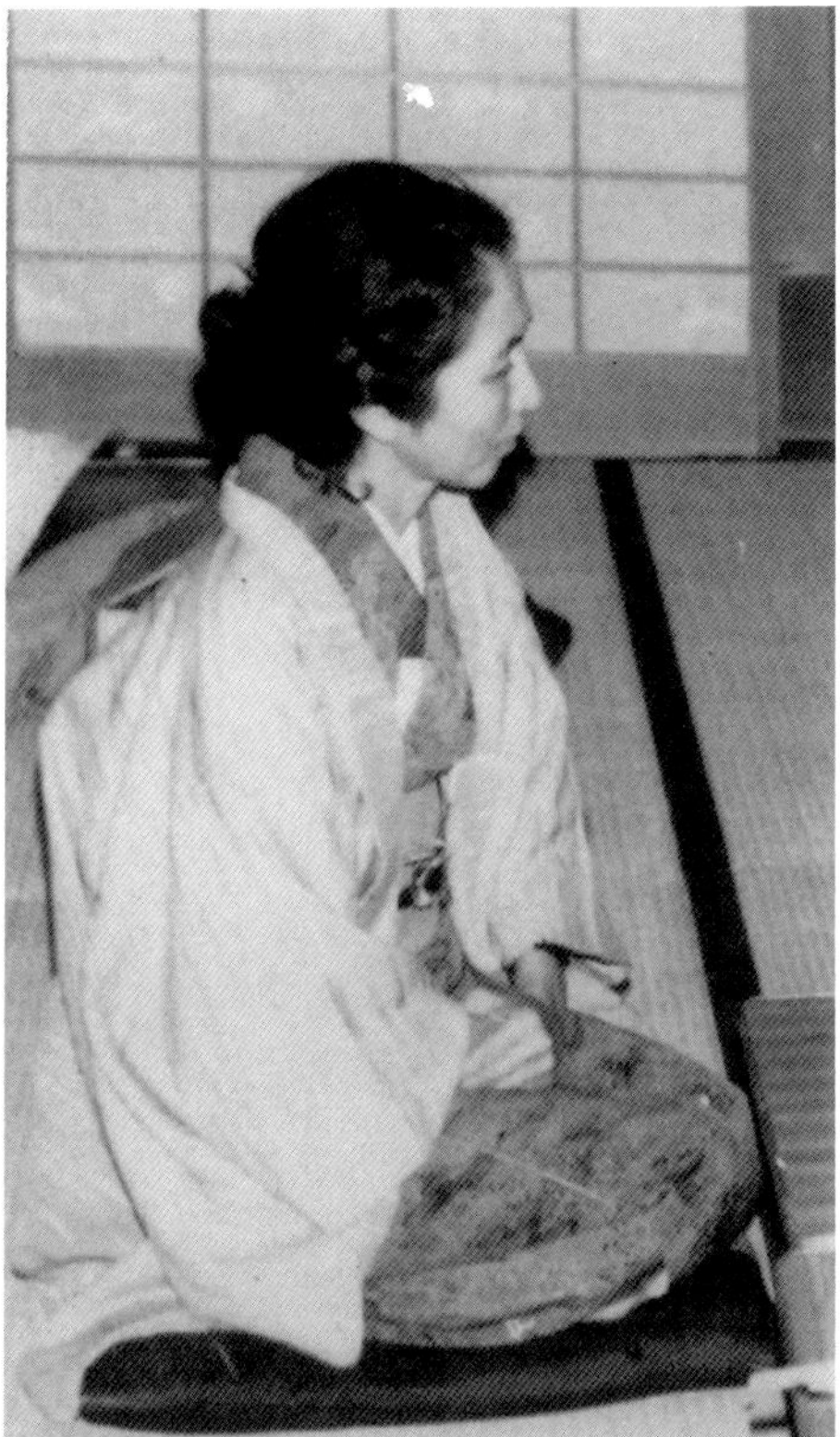

馬場移公子

［右上］
結婚式写真。マサ子満 21 歳。
昭和 15 年 1 月、於・東京會舘

［左上］
馬場正一。結婚当時、満 27 歳。

［下］
馬場正一。早稲田大学商学部卒業。
昭和 8 年 3 月、満 21 歳。

（写真・馬場登代夫氏蔵）

［前頁の写真］
年月未詳だが、伊昔紅夫人はるさんも参加されているところから昭和 39 年夏の金子伊昔紅句集『秩父ばやし』出版祝賀会の写真と思われる。（移公子 46 歳）

昭和 26 年 9 月 23 日、秋桜子一行を皇鈴山に迎え、秩父音頭を踊って歓迎した時の写真。中央が移公子、その右に伊昔紅、移公子の後ろ左に鉢巻の人物が塩谷孝。（移公子 33 歳）

殿村菟絲子（左）と馬場移公子（33 歳）
昭和 26 年 11 月 11 日　秋桜子邸にて波郷撮影（「馬酔木」昭和 27 年 1 月号）

［写真・短冊 所有者］
秩父郡皆野町・塩谷容氏（名店・うなぎの吉見屋店主）。容氏の父は「鶴」同人・塩谷孝氏（故人）。塩谷家には秋桜子、波郷、楸邨、伊昔紅、兜太などの著名な作家の墨跡・書簡・写真などが多数保存されている。明示したもの以外、塩谷氏の所蔵である。

昭和 34 年度「馬酔木」賞受賞の頃。
（移公子 40 歳。「馬酔木」昭和 35 年 1 月号掲載）

年月不詳

序に代えて

金子兜太

郷里の秩父盆地（埼玉県西部）を産土《うぶすな》と呼び慣わして久しいが、その産土が生んだ誇るべき女流俳人に馬場移公子あり、とあちこちで自慢するようになって、これも久しい。しかし、移公子の句集二冊（『峡の音』、『峡の雲』）と、宇多喜代子、黒田杏子編の『女流俳句集成』、加えて、秩父地方の人たちの書いたものに出てくる移公子についての記述のいくつかを読んだていどで、あとは直に接した印象を、そう言えないくらい大事にしているにすぎない。私の推輓の土台はそんなに厚いものではないのである。しかもこの寡黙の女人は、私の多弁に受け答えすることまことに僅か、笑みを湛えているばかりだったのである。

今回の中嶋鬼谷の出現は朗報だった。この人も秩父出身で、いまは東京にいるが、これはと思う同郷人に出会うと、徹底的にしゃぶりつくしてしまう。さきに、明治十七（一八八四）年の秩父事件のとき、蜂起農民集団の会計長として中心的役割を果たした井上伝蔵を徹底追究して、『井上伝蔵――秩父事件と俳句』、『井上伝蔵とその時代』などの好著を世に問うている。伝蔵が半生を過ごした北海道の石狩に何度も足を運び、伝蔵がつくっていた俳句を丁寧に顕彰している。言い忘れたが中嶋は俳句を能くする。俳句の世界における発言力も強い。

その中嶋が私に言う。俳句をつくりはじめたころの移公子と直接話している秩父の俳人は、貴公以外にはいまではいない。初見の印象など書いておいてくれ、と。

　そうだったのだ。夫君を戦場で失ったあと、生家に戻っていた移公子は、敗戦の翌年、皆野《みなの》町の開業医で俳句もやる、私の父の伊昔紅《いせきこう》（本名元春）を訪ねて、俳句をつくりはじめている。二十八歳だった。その年の初冬、私は戦地トラック島から復員した。二十七歳。

　その頃の伊昔紅を軸とした集りを、中嶋は「皆野俳壇」と呼ぶが、元気のいい「七人の侍」も既に他界している。残っているのは、侍の一人で、料理屋を営み、侍たちの集り場所にもなっていた、塩谷孝（俳号 潮夜荒《じょうやこう》）の跡継ぎの容さんと、容さんが大事に豊富に保存している資料のみ。

　移公子との初見は、十二月三日の秩父夜祭の数日後と覚えている。上京のため乗った秩父鉄道は閑散で、冬の陽ざしがいっぱいだったが、その車内の向こうの座席にいた和服の女性が、ゆっくり立ち上がって私の前に来たのである。そして淡淡と、「兜太さんですか」と言う。父の家で写真でも見て、知っていたのだろう。好い勘《かん》である。「そうです」と答えると、「御苦労さまでした。体を十分にお休めになって下さい」という。トラック島にいたことも知っていたのだ。そしてさっさと自分の座席に戻っていったのだが、私は鴉のようにハアハアと答えるばかり。

中肉中背、和服のよく似合う色白の美形。意志強く思念純粋な詩美が清潔感もろともに伝わる。そしてその後、句会やら何やらでいくどもお目にかかることがあったが、こちらの話しかけにも淡泊。自分から話す場合も、車中の初見のときと同じように淡泊。そしてどこかきっちりしていた。

以来、しばしば恋愛感情について尋ねられることが御多分にもれず多いわけだが、そして私も人並みの色気には恵まれているつもりだが、どうもその感情がないのである。しかしそう答えても信用する人が皆無に近いのには恐れ入る。

戦死した夫君に生涯をかけて殉じようとしていたのではないかと思う。

――早春の熊猫荘にて

峡に忍ぶ　目次

第二章　馬場移公子追悼文集　289

〈跋に代えて〉
馬場移公子さん、やっとお逢い出来ました　黒田杏子　313

資料集　337

峡に忍ぶ――エピローグ　361

峡《かい》に忍《しの》ぶ

秩父の女流俳人、馬場移公子《ばばいくこ》

凡例

一、馬場移公子の俳句の引用は、金子伊昔紅著『雁坂随想』、「馬醉木」誌、「俳句」誌、「俳句研究」誌、『俳句研究年鑑』による。掲載誌の誌名、発行年月等は文中に示した。
二、著書からの引用は、著者名、書名を本文中に示した。
三、俳句作品、および句集の「序」、「跋」、「あとがき」等の旧仮名遣いは原文通りとした。漢字表記は原則として新漢字としたが、一部は原文のままとした。
四、旧仮名遣いの文中に混ざる不自然な新仮名遣いなど、明らかに誤植と思われるものは訂正した。原文中の句点の脱落はこれを補った。原文中に、著者が習慣として用いていると思われる漢字の誤字は「ママ」のルビをふって残した。
五、引用文中には、現代の社会的見地からすると差別的と思われる用語もあるが、作者に差別の意図はなく、また、作品を尊重する観点からそのままとした。
六、俳句に馴染みの薄い読者のために、一部の季語や用語にはルビをふった。
七、＊印は編著者による註釈である。

峡《かい》に詠《うた》う——プロローグ

馬場移公子生家・新井家
2012年9月　編著者撮影

峡《かい》の家

秩父鉄道（上武鉄道を大正五年に改称）の敷設工事は、明治三十三年（一九〇〇）四月に熊谷《くまがや》から始まった。熊谷から寄居《よりい》までは関東平野の端の平坦地のため、工事は、寄居までの一八・四キロメートルを順調に進み、翌三十四年十月に開業した。しかしその後、日清戦争の余波をうけた経済不況のため資金難におちいり、寄居から波久礼《はぐれ》までの五キロメートルほどの短い距離の工事に一年半を要した。さらに、その先は荒川の激流が造った断崖を削って鉄路を敷くことになり、この鉄道工事史上最大の難所にさしかかる。

初代社長の柿原万蔵のあとを引き継いだ二代目社長の柿原定吉は、渋沢栄一の協力と助言により工事を進め、軍人時代の友人将校の協力を得て、現場の岩盤掘削工事を工兵爆破班の実地訓練に名を借りて敢行した。この難所を抜けると、やや開けた河岸段丘の上に出る。かくして、明治四十四年（一九一一）に宝登山《ほどさん》駅（現在の長瀞駅）まで開通し、大正三年（一九一四）に秩父駅に達した。

この狭い難所の出口に当たるあたりに、一筋の谷川が西から荒川に落ちてくる。この谷川の源流近くを、かつては樋口《ひぐち》村辻（現在は、長瀞町野上下郷《のがみしもごう》）といい、そこが、馬場移公子の生家のある峡谷である。

谷川は、標高五四九メートルの不動山を中心とする山稜を水源とする。この山腹に、長瀞七草の寺「葛の寺」こと野上山金剛院遍照寺がある。現在はその西側斜面に長瀞総合射撃場がある。

この山の麓に移公子の生家新井家がある。生家は蚕種屋《さんしゅ》を営んだ旧家で、壮大な構えの母屋を今も子孫が守っている。

昭和四十三年春、この家をたずねた「馬酔木」同人の堀口星眠は、

野火匂ふ飼屋砦に似たるかな　星眠

と、その家の豪壮さを詠み、移公子のことは、

白梅に映ゆる貴婦人養蚕図

と、その容姿を讃えている。

星眠が貴婦人と詠んでいるように、移公子は気品のある美貌の人で、「馬酔木」では「秩父の佳人」、あるいは「馬酔木の名花」と呼ばれていた。

馬場移公子（本名・新井マサ子）は、大正七年（一九一八）十二月十五日に、父惣三郎、母コウの長女としてこの家に生まれた。母コウは武川村（現・深谷市）の大沢家の人。コウの弟は県会議員の大沢武平（在任期間・昭和十三年十一月〜昭和二十二年一月）。

移公子は地元の樋口尋常高等小学校を卒業し、埼玉県立秩父高等女学校へ入学する。この学校は昭和五年設立の修業年限四年の女学校で、才能のある資産家の子女が学ぶ学校だった。彼女は

その第五回卒業生（昭和十年卒）。この期の卒業生は五十九人。

昭和十五年、二十二歳で大麻生村（現熊谷市）の馬場正一《しょういち》（二十八歳）と結婚した。正一は昭和四年三月、旧制熊谷中学卒、同八年三月、早稲田大学商学部を卒業し、東西電球株式会社大阪支店長を歴任するなど、将来を嘱望された秀才だった。結婚後、二人は東京に住んでいたが正一は昭和十八年九月二十七日に出征し、同十九年一月二十六日、中国河北省張家荘で戦死した。子の無かった移公子は実家に戻り、父を手伝って家業に従事した。

新井家は村の旧家だが、村を越えて郡内外にその名を知られるようになったのは祖父定三郎《さださぶろう》の実業家としての実績による。

移公子の祖父定三郎は蚕種製造家として名をなした人だった。『埼玉人物事典』（編集・埼玉県教育委員会　埼玉県立文書館、発行・県政情報センター、平成十年二月刊）に、定三郎が紹介されている。本書は往古から現代（平成十年）に至る、埼玉にゆかりのある物故した先人三千三百余名を紹介する書である。

あらい さださぶろう　新井定三郎

慶応二年一月～昭和十六年（一八六六～一九四一）

蚕種製造家。秩父郡樋口村（長瀞町）生まれ。明治二十七年（一八九四）から蚕種製造。四十二年秩父蚕種同業組合副支部長をはじめ、昭和二年（一九二七）埼玉県蚕種業組合長。また明治三十二年製糸販売組合竜門合資会社の副社長、以後碓氷社荒川組（後、埼玉社所属）組長を歴任。さらに大正二年（一九一三）私立新井養蚕伝習所を開設するなど終生蚕糸業の技術改良発展に尽力。この間村会議員、村収入役、郡会議員を務めた。

本書には馬場移公子の紹介もあるが、巻末の「年譜」に記す。

井上善治郎著『まゆの国』（昭和五十二年四月、埼玉新聞社刊）に、わが国の養蚕にとって画期的な変革をもたらした秋蚕の飼育、及び蚕種貯蔵法の変革についての紹介がある。『埼玉人物事典』と照合しながら概略を紹介する。

明治の養蚕改良家として、当時全国にその名を知られていた人物に、児玉町に競進社なる養蚕改良組織を経営する木村九蔵《くぞう》（一八四五〜一八九八）がいた。明治十七年（一八八四）に養蚕伝習所を開設。明治二十二年、パリ万博開催を機に官命を帯びて欧州の蚕糸業を視察し、そのときイタリアのパドウ養蚕試験場でヴェルソン場長より、蚕種保護の重要性を説かれ、それに啓発される。帰国後、初代埼玉県知事の吉田清英（一八四〇〜一九一八）に面接し、自説を語ると吉田も大いに賛同し援助を約束する。

こうして明治二十四年二月に、日本蚕種株式会社が創立され、翌年から営業を開始した。これがわが国における蚕種貯蔵庫の最初となった。

吉田清英が官界から引退したのは明治二十二年。その後、吉田養蚕伝習所を設立し、木村九蔵の協力を得て、養蚕技術普及につとめた。伝習生は全盛期で二百五十名。彼等は県内外に養蚕教師として迎えられた。この伝習所では蚕種製造も行った。

新井定三郎がこの伝習所で学んだという確証はないが、当時、蚕種製造を目ざす者が、この施設と無縁であったと考える方が無理なことであろう。

『埼玉県秩父郡誌』（秩父郡教育会編纂、大正十三年刊、昭和四十七年復刻）には、しばしば新井定三郎の名が登場する。
○明治四十年九月、郡議会議員に当選。樋口村　新井定三郎
○同書の「蚕糸並蚕種業」の章に「……而して蚕種製造に就て特に記すべきは樋口村の林才作新井定三郎の二氏が優良蚕種の産出に努力し、養蚕伝習所を設けて斯業の進歩に多大なる貢献をなしたる事なりとす」とある。
○大正十二年開催の平和記念東京博覧会における秩父郡の受賞者の中に名がある。
蚕種　銀牌受領者　樋口村　新井定三郎　外一人
○秩父宮御称号宣賜記念事業調査委員二十八名の中にも樋口村・新井定三郎の名がある。

新井家の「墓誌」には次のように記されている。

博愛院定圓義昌居士　　昭和十六年三月七日歿　　俗名 定三郎　行年七十六才

祖父定三郎が没して三年後に移公子の夫馬場正一が戦死し、移公子は実家に帰るが、傷心の移公子に追い打ちをかけるように、昭和二十一年一月十二日、一家の大黒柱の父惣三郎が他界した。清光院惣持明安居士。享年五十三。

数年のうちに、移公子の身辺から男三人が消えたのだった。

男手の無い旧家を母と一緒に切り盛りする日々がつづく。

夜の枯野つまづきてより怯えけり　　移公子（「馬酔木」昭和二十四年三月号）

移公子三十一歳の作。移公子の足元に、行く先不安の闇がひろがっていたことであろう。移公子の俳句は、闇への怯えから出発する。

戦地にいた移公子の弟英男は、一般の帰還者より一年以上も遅れて昭和二十二年十二月にソ連タタール州エラブカ将校収容所から帰還した。

移公子は心の支えを俳句に求め、縁あって金子伊昔紅の門を叩く。

金子《かねこ》伊昔紅《いせきこう》と共に

馬場移公子が俳句の道に入った経緯を語る言葉が、「馬醉木」昭和三十九年八月号の「金子伊昔紅句集『秩父ばやし』特集」に寄せた文章にある。

伊昔紅先生のこと　　　　馬場移公子

「病後のつれづれに俳句を作って投句していた地方新聞社から、句会の通知を受けて、引込思案の私が出かけて行く気になったのは、前夜の夢にでも誘われたのかも知れぬ。句会の帰りに、伊昔紅先生が句誌『雁坂』を出しておられること、この次の日曜日には石塚友二という先生を迎えるので、出席するよう勧められ、初めて壺春堂医院を訪ねたのは、昭和二十一年の五月、平和の象徴のように桐の花が咲いていたのを思い出す。踊りの好きな医師というので、幾分滑稽味を帯びた人物を想像していたから、丁寧な挨拶をされる謹厳な先生を少し意外に感じた。そしてこの日から俳句に深入りすることになったが、会員には、新聞の選者だった城一佛子先生こと渡辺浮美竹氏や、村田柿公、潮夜荒、黒沢宗三郎、岡紅梓氏など、馬酔木の青春時代を伊昔紅先生と共に過ごした人達と、もと鶴の同人だった江原草顆、浅賀爽吉氏らが居並んでいた。その秋には秋桜子先生の一行を皆野にお迎えして、雁坂俳句会は益々盛んになった。

馬酔木同人になられてからは、戦後の弟子達と月々の句会を開いたり、奥秩父へはよく吟行された。日頃は、古武士のような威厳の具わる伊昔紅先生も、酔って童心にかえられると、お得意のでんぐり返りを演じて見せたり、駄洒落を飛ばしたりする。私は辟易して隣室へ逃げて行き、夜空を仰いで酒宴の長びくのを嘆息したものだが、いざ句会となると、一ばん成績を上げるのも先生であった。」

（＊全文は本書「随筆」に収載してある。）

やがて、移公子は伊昔紅の勧めで「馬酔木」に投句を始める。移公子の俳号は伊昔紅による。初入選は昭和二十一年（一九四六）十月号の一句。

岩襞にすがれる草も月あかり　　移公子

月あかりの中、岩襞に隠れるように盛りを過ぎてしおれ枯れた草を詠んだこの句は、移公子俳句の将来にわたる特質を暗示するかのようである。この句の前に、後年写真家として名をなす清水武甲の句〈鳥渡る谿《たに》にむかひて朝戸繰る〉が載っている。三沢村の武甲も伊昔紅門の一員だった。投句者三五二人。移公子は五三席。

「馬酔木」は会員投句欄を「新樹集」といった。

この頃の移公子を、師の伊昔紅は、その著書『雁坂随想』（平成六年四月三十日、さきたま出版会刊）、の「壷《ママ》春堂暖記」（昭和二十二年四月）で語っている。

「馬場移公子さん　本名は新井正《ママ》子、馬場姓に変ってはゐるが、今は樋口の実家に居られる。戦争で夫君を失はれた傷手を、お母さんの愛の繃帯で確り包んで居られる。母子の情愛の濃やかさはその作品の中に結晶して、いつも光ってゐる。これまでの句の中でも

糸取りの母の面輪のふと若し

青梅の落つる音かも母の留守

山茶花に母の織りたる衣を縫ふ

などお母さんに対する敬愛の深さを思はせるもので、自分でもお母さんの句ならいくらでも出来るやうな気がすると仰って居られる。まことに羨ましい境涯であるが、それだけ句作するにも現在恵まれた立場にある。『寒雷』や『万緑』の人達から見れば、も少し線を太くといふ注文もあるやうであるが、『馬酔木』の行き方なら夫れでもよい。見るからに容姿端麗で楚々たる佳人である。之に太い線を要求するのはする方が無理である。高橋お伝にはなれない型である。結局自分の領分の中で芸を磨くといふことである。『雁坂』の乏しい女性

の中でも揺籃期からの会員で、この一年間に滅切腕を上げて来てゐる。
二夜三夜風邪の含嗽《うがい》に月ありぬ
技巧の点から云っても完璧である。常の身体もあまり健康ではない様ですから、風邪にも気をつけて、俳句芸術に精進の程を祈る。」
（＊促音表記を含め、原文のまま。句のルビは引用者による。）

皇鈴山《みすずやま》吟行

昭和二十六年九月二十三日、伊昔紅とその一門は一大イベントを企画した。皇鈴山山頂で秩父音頭を挙行し、そこに秋桜子一行を迎えたのである。

参加者は、秋桜子、牛山一庭人、杉山岳陽、藤田湘子、能村登四郎、殿村菟絲子、吉良蘇月などの人々、それに秩父勢である。

この催については『水原秋桜子全集』（講談社刊）第八巻所収「沙美君と伊昔紅君とを悼む」の中で秋桜子が語っている。秋桜子は三度ほど秩父を訪れているが、その三回目が皇鈴山だった。

「第三回は、みすず山の頂上で秩父音頭を披露するから見に来いというので、八王子から木津柳芽君と同行した。槻川村というところまで車で行き、それから山道を馬場移公子さんと鶴川抄雨君との案内で上った。馬場さんは病気がちの人だと聞いていたが、さすがに秩父生れだけあって、山道につよいのはおどろく程であった。私も柳芽君も、ともすればその後ろ姿を見失いそうだった。

山の頂上には四、五十人集まっていて、かの大太鼓も昇ぎあげられていた。やがて伊昔紅君の音頭で踊りがはじまったが、その熱の入れ方はおどろくばかり、まだ新しく募集した歌詞がすっかりこなれていないような気もしたけれど、すべて伊昔紅君の熱のために統一されてしまう感じであった。

空はよく晴、秩父の山々はもちろんのこと、赤城山も男体山も見えた。それにおどろいたのは、アイスクリーム屋が登って来ていたことである。まだ戦後の状態が完全に回復せず、アイスクリームなどは八王子でもあまり見かけなかった頃の話である。」

秋桜子は句集『残鐘』に二句収めている。

皇鈴山秩父踊　二句　　水原秋桜子

秩父人秋蚕あがりぬと来て踊る

懸巣飛び老いし伊昔紅踊るなり

伊昔紅はこの時の様子を次のように詠んでいる。

皇鈴山に秋桜子先生一行を迎へて　四句

あぐらゐの肩を越えゆく秋の蝶
穂芒に誰も手触れぬ踊の輪
踊る眼に松虫草はしづかなる
踊太鼓とゞろき芒枯れゆくか

金子伊昔紅（句集『秩父ばやし』）

一行の一人、殿村菟絲子は「馬酔木」昭和二十六年十二月号に六句を載せている。

秩父皇鈴山吟行（六句中四句）

草山の空に描ける吾亦紅
山深く明日咲くがんぴ誰か見る
邯鄲や萩わけゆきて谷見えず

殿村菟絲子

ひめしをん踊つてくれし人と別る

移公子も同号の「馬酔木」に「秋山」六句を発表しているが、句集『峽の音』に、内三句を収めている。

皇鈴山吟行　三句　　　　馬場移公子

百舌鳥鳴けよ山ゆく一日奔放に

夕百舌鳥に歩き耐へゐし人の後

とゞまれば蹠《あうら》脈搏曼珠沙華

「百舌鳥鳴けよ」の句は移公子にしては珍しく溌剌とした句で、秋桜子一行を迎える心の張りがよく現れている。山道に強い移公子だったが、とどまれば蹠が脈打っているのである。

本書巻頭の口絵の写真はこの時のもので、後からやってくる秋桜子一行を待つために、途中の峠で休んでいる時の記念写真であるという。撮影は坂戸市在住の市川圭一（哭風子）で、後年塩谷家に送ってきた一葉である。

この吟行は、秋桜子にはいささか負担になったものか、句集『峽の音』の頁を繰ると、次のような句に出会う。

皇鈴山吟行後、水原先生病むと聞きて　二句　　馬場移公子

木の実落つ夢に怯えし一夜明け

叱らるゝべく訪ふ風の萩紫苑

ここにも夢に怯える移公子がいる。幸い、秋桜子は快癒し、皇鈴山吟行は秩父の俳人達をますます活気づかせることになった。

移公子は「馬酔木」に投句しながらも、伊昔紅の山野吟行にしばしば参加している。『雁坂随想』所収の「梅雨の小倉沢」（昭和二十九年七月）というエッセイに移公子の俳句が登場する。小倉沢は奥秩父の鉱山のあった峡谷で、一時は鉱山で栄え学校まであった谷も、今は廃墟の郷である。

昭和二十九年六月十二、十三日の一泊二日の旅。男衆に混じって参加したただ一人の女性が移公子だった。句会には、鉱山会社の人達およそ二十人と「雁坂」の六人が参加した。

時に、伊昔紅六十五歳、移公子三十六歳。

同書には、この旅における移公子の俳句は紹介されていないが、「馬酔木」（昭和二十九年八月号）

に「秩父鉱山にて」と題する六句がある。

蜥蜴死す軌道の錆の極まりぬ　　移公子
梅雨の坑ぼそと呟く唄一片
提ぐる灯に生れて先立つ山の蛾よ
アカシヤ匂ふ鉱泥崖を浸しつゝ
ほとゝぎす谿来てポストまづ赤し
明易きポストに落す文もなし

旅吟は風景や出来事に取材した句になりがちだが、移公子の場合、「蜥蜴の死軌道の錆の極まりぬ」、「梅雨の坑ぼそと呟く唄一片」など、沈潜する心の在りようが詠われる。移公子の俳句は、秋桜子、伊昔紅、波郷に学びつつ、内面を見つめる独自の詩へと深化を続ける。

伊昔紅の『雁坂随想』で、移公子の俳句が最後に登場するエッセイは「夕暮山荘句会」（昭和三十一年九月記）である。「夕暮山荘」とは、歌人の前田夕暮が暮らした奥秩父入川谷の山荘のこと。夕暮は大正八年に、父の経営していた山林事業を継ぎ、荒川の支流である赤平川《あかびらがわ》のそのまた支流の小森川水源地帯に入り、山林伐採の仕事に従事した。ここで歌集『原生林』が生まれる。その後、荒川本流の水源である大滝村入川谷へ、昭和二十年四月二十八日に夫人を伴って疎開し、ここで荒地の開拓に従事し一年半過ごす。その折に住んだのがこの山荘で、入川の集落を拓いた林業家の山本家の所有。ここで生まれた歌集が『耕土』である。
大滝村の奥地、入川谷における二人の俳句を次に。

やがて湖底春蚕秋蚕と飼ひつげど　　伊昔紅
蝶の恋もつれてダムの上に出づ
蚋《ぶよ》めぐるダムただならぬ黒き渦
滴りのほとりや草を刈りこぼし
あれち野菊立ちつつ女足袋をはく　　＊この「女」は移公子のことと思われる。
岩陰に積み置く薪や独活の花
河鹿の瀬義歯岩に置きくちそそぐ
貰ひ湯に帯解き下る夕河鹿　　＊湯屋へ下る坂を「帯解き坂」といった。

あれち野菊自炊の食器瀬に洗ふ　　移公子
あれち野菊軌道に歩幅みだれをり

夏山へ庭より橋をかけ渡す
瑠璃鳴けりねむき時計を床に巻く
炭がまの谿に口開く葛あらし
咲き残る朴に香もなし草いきれ
ゐごの花こぼれて仰ぐ崖くらし
夏蝶や戦後を稚《わか》き杉檜
麦秋の旅にきびしき農婦の眼

右の作品は、伊昔紅、移公子の二人の俳句観の違いをよく現している。伊昔紅は、二瀬《ふたせ》ダム（昭和二十七年建設開始、同三十六年完成）に沈んでゆく山村への悲しみを「やがて湖底春蚕秋蚕と飼ひつげど」と詠み、人工の湖への不安を「蚋めぐるダムただならぬ黒き渦」と詠っている。「秩父の赤ひげ」と言われた伊昔紅の農村生活への視線である。

移公子の句には、ダムに沈む村などの事象は詠まれていない。歩幅の乱れ、香の失せた咲き残る朴の花、仰ぐ崖の暗さ、遊山の自分を見つめる農婦のきびしい眼など、不安や、崩壊感、翳り、うしろめたさなどが詠み込まれている。いずれも内向の視線である。

前述のように、俳句仲間から、移公子俳句の線の細さへの批判もなされたが、それを弁護したのは伊昔紅だった。

沈みがちな移公子の心を浮上させたのは、伊昔紅の大らかさであった。それは大陸的気風ともいうべきもので、秋桜子や波郷には無い資質であった。伊昔紅は移公子にとって、俳句の師であると共に、心の師でもあった。

第一部　馬場移公子作品集

第一章　「馬酔木」に投句

秋桜子による一句評

昭和二十四年二月号「馬酔木」の〈新樹集〉で移公子は五句となった。この号、巻頭・林翔、二席・移公子、三席・能村登四郎。

座を立てるたびに寒さの口に出て
起きまどふくらさ隣の咳きこゆ
木枯に袖をあはせて夜のつかひ
夜々明き月こそかなし年の果
寒 椿 墓 に は 風 の 音 ば か り

秋桜子は投句作の中の注目句について懇切丁寧な作品評をしているが、その常連作家に移公子がいた。

○秋桜子の作品評（二月号「選後に」より）

座を立てるたびに寒さの口に出て　　移公子

日常、極めて普通に感じ、たやすく口にすることも、かう表現されて見ると立派な詩になるから不思議である。このやうな句を見ると、題材はわざ〱遠くまで出かけて捜すまでもなく、手近なところにいくらでもあるといふことがわかる。

言葉の選び方に於ても、この句は別に神経を使つてゐない。全くの日常語ばかりが選ばれてゐる。殊に、「たびに」とか、「口に出て」とかいふ類は俗語で、句を詠む上からいへば、むしろ損な言葉である。

たゞ、それ等の言葉を配列する上に、実にこまかい神経が働き、連絡は極めてよく、そのために言葉の一つ一つが完全に能力を発揮してゐることを認めなければならない。それにもう一つ、「寒さ」といふ感じが的確にとらへられ、それを表現することに徹してゐるのがこの句の成功の原因である。「寒さ」を現はさうとしながら、途中で気が変つて、何か他のものを配合したり、景を描いて見たりするから失敗するので、このやうにすべてが「寒さ」に集中してしまへば、感じがはっきりと出るわけである。

▼三月号で**初巻頭**。二席・林翔、三席・藤田湘子。

なぐさまぬ心かくすや爪を指し
北風に吹かれて影を貧しくす
夜の枯野つまづきてより怯えけり
前山の日々に伐られて梅咲きぬ
うぐひすや坂また坂に息みだれ

○秋桜子の作品評（三月号「馬酔木俳句の評釈」）

うぐひすや坂また坂に息みだれ　　移公子

秩父も、特に峡の深いところに住む作者は、少しの用事で出かけるにしても、いくつかの坂を越えなければならないのであらう。峡谷にも春が来て、日当りのよい雑木山では鶯が美しい声で鳴いてゐるが、それを聞かうと思つて立ち止ると、息のみだれをかくすことが出来ないのである。例によつて素直な詠み方で、すこしもむづかしい言ひ方をしてゐないが、秩父らしい情趣は鮮かに現れてゐるし、女流作家らしい感じも籠つてゐる。今月の五句の中では、この句が特に傑れてゐると思つた。

*

移公子の俳句は、自然とその中での生活の諷詠から「なぐさまぬ心」「影を貧しくす」「怯えけり」「息みだれ」……と、己の心中を見つめる句へと深化してゆく。

なお、右の初巻頭句五句のうち、

夜の枯野つまづきてより怯えけり　　移公子

の一句は、作者自身愛着のある句らしく、自句をほとんど揮毫しなかったという彼女の数少ない短冊に認められている（口絵参照）。

▼六月号

木瓜紅し支へてなほも家古りぬ

花の雨遺族の誇りいまはなし
耕人に見られてよりの歩を速む
ころもがへ母のみ恃む齢ならず
セルを着て人の別れを分け通る

○秋桜子の作品評（六月号「馬酔木俳句の評釈」）

木瓜紅し支へてなほも家古りぬ　　移公子

もの静かに詠んだ調子が、木瓜の趣きを遺憾なく現はしてゐる。

大きな家で幾十年も住みつぎ、一村の中で一番由緒があるのだが、年の経つまゝに、かしこゝと支へ木を要するやうになつた。その大きな藁葺のしつかりと影を置いてゐる庭は、これも広いために、隅々まで手入が不十分となりがちで、春が来れば、木瓜や連翹のやうな低い木が、伸びはじめた草の中に、人知れず咲いては散つてゆく。けふも麗らかな日和に、その木瓜の傍に立つて見ると、この大きな家が、さながら自分の一家の歴史であり、支へ木の一つ一つも、当時の家運を物語つてゐるやうに見えるのであつた。

木瓜といふ花は、色のつよいにも拘はらず、その趣きはかなり地味なもので、それが内容とよく一致してゐるから、これだけの深みを生じたのである。

▼九月号

暑き日の人の仕事のうらおもて
はたくや外出の母と径に逢ふ
梅雨の川荒れて家ぬちの音を断つ
夏ながく渓のたぎちにまぎれ住む

○秋桜子による評（九月号「馬酔木俳句の評釈」）

梅雨の川荒れて家ぬちの音を断つ　　移公子

作者の住むのは秩父の峡もかなりふかいところと聞くから、梅雨が降りつゞくと、渓流は忽ち水勢を増し、川床の大石を押し流すやうなこともあるのだらう。すでに降り出でてから四五日になるが、雨脚はますますつよくなるばかり、山々はその姿をすつかり雲に没して、一鳥の飛ぶすがたさへ見られない。たまたま窓を細くひらいて見ると、山間をはしり出る小流が、瀧の如く本流に注ぎ込んでゐるのであつた。

夕暮れちかく、水はますます勢を増したらしく、渦を巻きつゝ流れる音が耳につきはじめた。夜明頃まで降りつゞけば、或は岸にあふれるやうなことがないともかぎらぬ。水禍の凄まじさはこの谷の人々の度々経験するところなので、家人等もおのづと言葉が少なくなり、立ち働らく物音も絶えてしまつたやうだ。また、少しぐらい物音がしたところで、それは高まさりゆく流の響きに圧倒されて耳には入らないのである。——かういふ自然の力を描いて、立派にそれを調べの上に現はし得たのは偉いと思ふ。

昭和二十五年（一九五〇）

▼一月号　　＊この号より〈新樹集〉は〈馬酔木集〉と改名。

及ばねど畑に手を貸す菊の日々

わが咳のわれより先に母目覚む

風邪ごもり八つ手の虻を玻璃に堰き
一日臥し枯野の音を聴きつくす

○秋桜子による評（一月号「馬酔木俳句の評釈」）

及ばねど畑に手を貸す菊の日々　　移公子

庭垣に畑隅に小菊の花が妍をきそひ、空の真青に澄む日がつゞく。一年中で最も気持のよい季節だが、秩父の山々に雪の来るのも遠くはない。里の人々は山畑に出かけて、冬菜の畦をつくったり、麦を蒔いたりしてゐる。かしこの岨にうすく〳〵と煙が立ちのぼり、こゝの岩陰から高らかな話声がきこえるのも、みな冬耕の人達である。

作者の家でも持畑に仕事が多く、家人は皆早朝から夕方まで立ち働いてゐるが、病弱な作者は手伝ふことを禁じられてゐるので、たゞ窓に倚って畑の方を眺めるだけである。しかし、風が全く凪いでうらゝかな日には、及ばぬながら立ちいでて、畑仕事の後始末などをすることもある。気持ちはまことにはれやかだが、すぐ疲れて芒の根方に腰を下ろしてゐると、前方の山襞の杉の穂にひるがへり飛ぶ鶫の翼が見え、どこの畑隅に咲く菊かほのかな匂いがあたりにたゞよふ。かういふ健康な日々が、なぜ自分には恵まれぬかと、作者はいまさらながら病弱をなげきつゝ、静かな山畑の日和に瞼を閉ぢてゐたのであらうと思はれる。

この句、心持がまことになだらかに出てゐる上に「菊の日々」といふ言ひ方がよい。普通ならば、こゝは「菊日和」で、そのため句が型に嵌ってしまふのを、巧みに避けてゐる上にたゞ一日のことでなく、手伝ひの毎日つゞくことをも現してゐる。容易いやうであるが、これは決して容易く思ひ浮ぶ言葉ではない。

▼九月号

いろすでに草にまぎれず実梅落つ
籐椅子に母のながくもゐたまはず
いなびかり生涯峡を出ず住むか
雷雲の外れてしまひし水を打つ

○秋桜子による評（九月号「馬酔木俳句の評釈」）

いろすでに草にまぎれず実梅落つ　移公子

梅の実は相当に大きくなつても葉と同じやうな色をしてゐる。茂つた葉のあひだから、朝夕の光線がさし入るときに、それに照らされて、「あゝ大分大きくなつた」と気付くほどである。それだからその頃に落ちても、下草の中にはいると、色がまぎれて、わかりにくいものである。

しかし、七月もはじめになつて、落ちるものはすでに落ちてしまひ、あの枝に二顆、この枝に三顆といふやうに少なくなると、肌も黄色に色づき葉の茂りの中にあつてもすぐにそれと気がつくやうになる。はじめの青さも美しいが、かういふ時季のものもまた捨てがたいものである。さうしてそれが下草に落ちた場合は、もう草の色にまぎれることはなく、はつきりと人の眼につく。これだけのことを詠んだにすぎないが、全体の柔らかな調子の中に心持が溶けこんでゐるため、まことに美しい感じを受けるのである。

昭和二十六年「馬酔木」十月号　同人欄「風雪集」

梅雨

馬場移公子

巣燕の下へ普請の土はこぶ
梅雨の夜の戸閉り母と問ひ合ふも
夾竹桃旅の和服のまま海へ
螢籠昼のうつろに海が透く
海に見て夜涼の月のよるべなし
七夕の夫婦して牛洗ひをり
日盛や人の噂に口あはせ
働きし手足ぞほてる稲びかり
野分中汲み来し水の揺れやまぬ

○秋桜子による評（十月号「馬酔木俳句の評釈」）

梅雨の夜の戸閉り母と問ひ合ふも　移公子

広い家で、戸閉りをすべき廊下が幾つもある。あの廊下はしめたかしらと不安になり、母にきいてみると、母のほうでも不安を生じて、他の方のことを聞き返される。母子でする戸閉りだから、ときどきかういふことが起る。

梅雨の頃だから外は暗い。庭木が茂つて、その枝が簷《のき》にふれさうになつてゐる。月のない頃で、葉の間から星が見えるけれど、外へ目をやるのも気味がわるい。互に聞き合せて不たしかである場合は、また廊下まで行かねばならぬが、どうもすぐ立つてゆく気はしない。かういふわけで、この句の梅雨はよく利いてゐる。「夜長さの」といふやうなことでも句はまとまるが、これだけの力は出ない。梅雨の夜だから句が活きるのである。

＊

移公子が同人になったため、秋桜子による一句評は以上で終わる。

馬酔木新人賞と三十周年記念号

＊当時は「馬酔木賞」だったが後に「新人賞」と改称。「馬酔木賞」は別に設けられた。ここでは「新人賞」とした。

秋桜子によって高く評価されていた移公子は、昭和二十五年度「馬酔木賞」（後の馬酔木新人賞）を受賞した。受賞者は、竹中九十九樹・殿村菟絲子・馬場移公子・岩崎富美子の四人。受賞作は、この一年間に「馬酔木」に発表された作品から秋桜子によって選ばれた。移公子の作品は次の諸句。

馬酔木新人賞受賞　　　馬場移公子

及ばねど畑に手を貸す菊の日々
一日臥し枯野の音を聴きつくす
枯野道先立つ犬を灯に照らす
山茶花の平穏けふも門を出でず

風邪ゆゑの足袋の白さをたもちけり
祝《ほぎ》ごとの前の起居に蝶生る
春眠のひとゝきあてし手のしびれ
素足まだ廊になじまず藤咲けり
いろすでに草にまぎれず実梅落つ
籐椅子に母のながくもゐたまはず

草津

白地着て高原にわが暮れのこる
昨日見し山のポストを霧に探す
月の夜の思はぬ案山子前に立つ
残りたる田畑を守りて十三夜
はたはたや丘の左右に雲遠く
百舌鳥なくや言葉に堪へて煩熱す

この年、波郷の編集になる昭和二十六年四月号の「馬酔木」(三十周年記念号)は、戦後の俳句誌では最大の記念号となった。

この号に「馬酔木三十周年記念俳句及び評論入選発表」がある。

［入選三編］　八〇〇点満点

［俳句選者］は、水原秋桜子・軽部烏頭子《うとうし》・百合山羽公・篠田梯二郎・佐野まもる・相生垣瓜人木津柳芽・石田波郷の八人。各持点一〇〇点。

一席	無　題	杉山岳陽	六四五・四
二席	無　題	藤田湘子	六二八・八
三席	その後知らず	能村登四郎	六一八・三

［佳作十編］

夏より秋へ	馬場移公子	五七九・四
病　秋	竹中九十九樹	五七三・四
日々縫へる	岩崎富美子	五五三・二
ギプスの歌	菊池日呂志	五五一・八
軽井沢及び上高地にて	堀口星眠	五三六・六
高原旅情	大島民郎	五二七・八

峡の灯　殿村菟絲子　五二〇・六
常色　相馬黄枝　五二〇・二
無題　相馬遷子　五一四・四
月光　岡谷鴻児　五〇八・三

評論の入選一編は、
「俳句に於ける抒情」　林　翔
五月号に「佳作」二十五句が載った。

夏より秋へ　馬場移公子

セルを着て母をも誘ふ映画来ぬ
卓の薔薇暮れずラジオは夜へいそぐ　＊「ラヂオ」か？
鶏犬のこもごも梅雨の縁よごす
飲むとなき毒消をまた買はさるゝ
田植ゑどき却つて野路は煩はし
熱の身の一間を出でず夕焼くる

渓たぎつ端居の夜々のそら狭き

草津　三句

高原に着きし夜も出て雷火浴ぶ
つばくろに温泉けむりしるき日の出前
桔梗や母子の旅の雨の日々
黙しゐてこほろぎに家を占めらるゝ
秋簾ひとりの朝餉おとたてず
夕百舌や諾否を待ちて人のまえ
見送られゐて鶏頭をかなしめる
狭まりし穂草の径をゆずり合ふ

大島行

天の川夜発つ船を誰か見る
朝の虫一歩に船の酔忘る
野分中椿の老樹枝張りつ
火の山の風雨の野菊宿に挿す
野分浪とゞろく胸を抱きてねむる

朝の虫手燭に旅装とゝのへぬ
一日ゐて海の香ぞ沁む秋袷
曼珠沙華船下りし後も波に酔ふ
秋蝶の急げる方に天城澄む
蕎麦の花露けき富士を野にさがす

移公子の俳句を高く評価したのは秋桜子、烏頭子、梯二郎、瓜人で共に八十点以上を投じている。しかし、波郷の点は入らなかった。移公子は私淑している波郷の点が入らなかったことを悔やんだ。

波郷との交流

昭和二十六年一月、移公子は同人に推挙され、作品は同人欄「風雪集」に載ることになる。ちなみに当時の同人は次のような面々である。竹中九十九樹以下の四人が新同人。

馬醉木同人

水原秋櫻子・軽部烏頭子・百合山羽公・篠田梯二郎・佐野まもる・石田波郷・相生垣瓜人・木津柳芽・山口草堂・米澤吾亦紅・桂樟蹊児・及川貞・中村秋晴・相馬遷子・吉川春藻・荒川暁浪・市瀬元吉・下村ひろし・原柯城・伊丹丈蘭・小島昌勝・新井石毛・草間時光・相馬黄枝・髙柳樫子・山田文夫・靜良夜・石塚友二・石川桂郎・大島四月草・中村金鈴・金子伊昔紅・牛山一庭人・田中午次郎・杉山岳陽・澤田幻詩朗・那須乙郎・富岡掬池朗・小田倉白流子・金子星零子・田島秩父・能村登四郎・藤田湘子・水谷晴光・林翔・澤田緑生・清水基吉・竹中九十九樹・馬場移公子・殿村菟絲子・岩崎富美子

この年、移公子は、藤田湘子の案内で初めて波郷を訪ねる。

波郷氏を訪ふ

見ゆるまで病む寒燈をかへりみつ

つまづきて見る焼跡の時雨星

（「馬酔木」昭和二十六年三月号より）

この頃、波郷は江東区北砂町の自宅で療養していた。波郷三十八歳、移公子三十三歳。移公子にとって、波郷は尊敬する五歳上の兄のような存在だった。移公子は波郷夫人のあき子とも親しく交流した。ちなみに、亡夫馬場正一は大正元年生まれ、波郷は同二年生まれである。

昭和二十七年四月二十一日、波郷は移公子宛に手紙を書いている。

＊

煤煙臭い砂町にも、緑萠え何がしかの花がひらきました　そちらは盛んなる春色を輾《ママ》つてゐることゝ存上げます

御元気の御様子およろこび申上ます

小生のところも一同元気です　下の子が今度入学しましたので　朝の間は実にしづかになりました
昨日鎌倉の吟行にでかけました
水原先生、殿村さん牛山さんなど、地元の吉川、菱川、石塚、清水、草間の緒《ママ》同人他五十余人でした　明月院の谷が一番綺麗でした　帰りに友さんの家に寄り一杯やつて夜十時に帰宅しました　小生も元気になつたものだと思ひました
先日ハ見事な椎茸をたくさん御恵送頂き、毎々の御厚志忝く御礼申上ます　毎日いろいろにして賞味いたしてをります
五月の句会にハぜひ御いで願上ます　水原先生はその後九州旅行に立たれる筈です（九日頃）
先ハ御礼のみ

四月二十一日　石田波郷

馬場移公子様　御几下

（角川書店刊『石田波郷全集』別巻より。ルビ、読点も同書による。）

＊

この頃より、移公子は波郷等の吟行に随行する。
昭和三十二年七月十三、十四日、移公子は「鶴」のメンバーと三峯山《みつみねさん》の吟行に参加している。
参加者は、波郷、友二、康治、夏風、爽吉、菟絲子、潮夜荒（塩谷孝）、清、浮美竹、舟遊子、伊昔紅、移公子など。

三峯山にて　　馬場移公子

「鶴」の人々と

人とゐて谿あたらしき青胡桃
梅雨の嶺の一角ともす宴更けぬ
明易き柱鏡に霧凝れる
霧うごく梅雨明暗の杉の幹
登山者の背に霧割るゝほとゝぎす
菖蒲咲き茶店乙女も朝すがし
蕎麦打つや翳して青き楢楓

（「馬酔木」昭和三十二年九月号）

同年八月十五、十六日、波郷は妻あき子、長女温子、村上巌画伯を伴い長瀞に遊び、流燈を見学。移公子も参会した。

長瀞燈籠流し　四句　石田波郷

犇きて流燈の岸とおもほへず

流燈に奪ひ去らるるもののあり

流燈の眠らんとして熄《や》まざりき

川並に二人蹰《しゃが》み話の野分かな　『酒中花』

昭和三十二年九月二十五日に、波郷は移公子に手紙を書いている。句集のことである。以下抜粋。

＊

「彼岸も過ぎようとして肌寒い雨になりました
修禅《ママ》寺でハ失礼仕りました　帰りは水原先生夫妻にお伴して自動車で帰りました」
「お預りしてゐた句稿大変遅れましたが、やつと見終りましたので別送いたしました　三九六句あります　雁坂時代の句は省きました　更にその後の句を加へて四百二、三十句位になること

でせう　もう少し減らすことも考えられますが　馬場移公子の俳句を知る為にはこれ位あつた方がよいと思ひます」
「句集名は「峡の音」といふのは如何でせう　静かで　ふくみがあつてよいのではないかと思ひます」
「いろ〳〵御意見があることゝ存じますが　御遠慮なく御申聞け下さい　出版ハ竹頭社でも小生は差支ありません」

九月廿五日　　　　　　　　　石田波郷

馬場移公子様

（角川書店刊『石田波郷全集』別巻より。ルビ、読点も同書による。）

＊

文中、修善寺では……とは、この年の九月十三日より三日間、修善寺温泉における馬酔木第五回鍛錬会のこと。このとき、波郷は、

馬場移公子さん

松蟲草掘る繊き身を折りにけり　　　『酒中花』

と詠んだ。

波郷が移公子を詠んだ句は五句ある。

長瀞にて

峡のひと移公子が繊し流燈会　同

馬場移公子さんへ

風花や日あたる辛夷戻る沙羅　同

馬場移公子厚き落葉を踏みて癒ゆ　同

馬場移公子さん

雪は熄み言数行にして去にき　同

波郷がフルネームをいれて詠んだ句は、現在知られている五四〇四句のうち、横光利一と馬場移公子の二句しかない。

横光利一の掌の茶の花後しらず　波郷　「現代俳句」

こうしてみると、波郷の移公子への肩の入れようが判る。

波郷夫妻の支援を得て、昭和三十三年一月、第一句集『峡の音』が成った。

出版元の「竹頭社」については、石田修大《のぶお》著『わが父　波郷』にある。

「再び編集長として腕をふるい始めた波郷は二十七年初め、今度は砂町の陋屋玄関に『石田波郷　竹頭社』の小さな表札を掲げた。出版社を始めたのである。出版とはいっても出すのは馬酔木を中心にした仲間の句集であり、携わるのは波郷夫妻だけの、趣味のような仕事であった。幸田露伴に『竹頭』という作品があり、社名はそこから思いついたらしい。」

同書は、竹頭社から出された句集として、篠田梯二郎句集『風雪前』、殿村菟絲子『絵硝子』、小坂順子『野分』、水原秋桜子『残鐘』、軽部烏頭子『灯蟲』、杉山岳陽『晩婚』、川畑火川《かせん》『凡医の歌』、及川貞『榧の実』を紹介している。

ここには、馬場移公子の『峡の音』の紹介はない。この句集については「馬酔木」にも出版の紹介記事はない。部数も少なく、ひそやかに出された句集だったようである。

第二章　第一句集『峡《かい》の音《おと》』

昭和 34 年度「馬酔木」賞受賞の頃。
「馬酔木」昭和 35 年 1 月号掲載写真。
移公子 40 歳

第一句集『峡の音』は、昭和二十一年より昭和三十二年の間に作られた四百二十六句を収める。移公子の「馬酔木」における活躍は、昭和二十一年十月号の一句入選に始まり、同二十四年三月号で初巻頭、翌二十五年に馬酔木新人賞受賞と快進撃を続ける。移公子は「馬酔木」入会当初から秋桜子の高い評価を受け、波郷を驚かせる作品を発表し続けることになるが、その根源には伊昔紅を中心とする「皆野俳壇」とも言うべき熱気溢れる俳句集団があった。ここが「馬酔木」という海へ乗り出す母港であった。

やがて、移公子は石田波郷夫妻の支援を得て、波郷の経営する「竹頭社」から句集を刊行した。序文を秋桜子、跋文を波郷に頂くという得難い句集であったが、移公子の遠慮深い性格からか、「馬酔木」誌上に句集の紹介は無かった。

移公子という控え目に生きる一人の女性が、俳句の世界で活躍することを可能にしたのは、戦後の人間解放の新思潮によることも忘れてはなるまい。

峡の音

序

長い作句の道程で、二度か三度「自分の句はこれでよいのか」といふ疑念を起さなかつた人はまづ無いであらうと思ふ。

疑惑のおこるのは、たいてい句作が沈滞したときである。さうした場合一番眼をひくのは他人の使ふ型を破つた表現で、後になつて考へて見ると、なぜそのやうに眼をひいたのかわからぬのであるが、とにかくつよい勢で惹きつけられる。さうして自分もそれに倣ひ、一時だけは疑惑の消えたやうな感じになることがある。これも進歩の筋道に於いては肯けることだ。だから五年、六年といふ業績を集めた句集を読むと折々かうした表現の変化に出あふことがあり、それによつて当時の作者の疑惑が想像されて、興味がふかいのである。

これに反して長い年月の作を集めた句集を読んで、その疑惑のあらはれを発見することの出来ぬ場合もある。その作者が全然疑惑を起さなかつたならば話は別だが、さういふことはまづ皆無と思つても間違はないであらう。疑惑を起し、型を破つた表現に心を惹かれながら、それを勉強の糧としてよく消化し、全く自分のものとした後に発表して行く。さうしてその勉強がおのづから疑惑の解決にもなつてゆく――さういふことがその業績を読んでわかる場合は、前の場合よりも一層興味がふかく、而も感服せざるを得ないわけである。私はこの「峡の音」の稿本をまだ見てゐないのだが、読んでみると、おそらくこゝに述べたやうな結果になるであらうと思つてゐる。これは移公子さんの今までの作句道程をかへり見た上での結論で、多分間違は無ささうだ。「峡の音」はかういふ意味で、実に立派な句集である。

移公子さんは句作をはじめてから十年、短い旅行のほかには一度も秩父の峡を出たことはない。秩父の峡にも我々の知らぬ景勝や生活は多いであらうから、素材の欠乏に苦しむことはそれほどではないとしても、自然や生活に同じ調子の繰り返されることには困るであらうと思はれる。それにうち克つためには何よりもまづ自分を高めて行かなければならない。自分の心が高く深くなつて行くと、同調子の繰り返しと見えた自然や生活にもまた複雑な変化が生ずるわけだ。さうすれば幾年峡に籠つてゐても何等差支へはない筈である。

移公子さんが意識してかういふ修行をしたかどうか、私は知らない。面と向つて質問すれば、必ずさういふことはないといふに決つてゐる。おそらくそれは本当であらう。たゞ作者としての魂が天与のもので、このやうなことになつたのであらうか。他からの影響をすぐ外に現はさず、自分の心の中で十分に醗酵するのを待つてから現すといふのは、いかにも立派な作家魂である。

この句集を読むと、移公子さんの句が一度も後退せず常に前進してゐるのがよくわかる。東京に近いところに居るから、東京の若い人々の勉強ぶりを見聞してゐることは確かだが、さうかと言つて吟行を共にしたといふ話も聞かない。出かけて行くときには必ず一人で行く。落着いてゐると共に、負けずぎらひも相当なものなのであらう。

私の文章は、この句集の解説とはなれさうになつてしまつた。しかしこれを頭に入れてから句集を読んで、どこで作者が悩み、どうしてそれを克服して行つたかといふやうなことを考へて見ると、それは実によい修行になると思ふ。殊に外へ外へと自分を出すことを好まず、内へ内へと潜めて行かうといふ作者にとつては、繰り返し読む毎に、必ずそれだけの収穫をあたへて呉れる教科書だと思ふ。これほど見事な句集はやたらにあるものではない。

昭和三十二年歳末

秋櫻子

峡の音　目次

初百舌鳥

昭和二十五年以前

岩襞にすがれる草も月あかり

大年や濯ぎしものを月に干す

梅かたし神楽の笛のひゞく丘

蓬摘み棚田をのぼりつめにけり

ねもごろに飼屋を浄め躑躅《つつじ》咲く

雉子のこゑ庭にひゞきて朴咲けり

蕗刈りて蜥蜴を崖にはしらする

迎火を橋に焚くなり岨《そわ》の家
燈籠の水底みせて流れけり
流燈の巌に沿へるは後れつゝ
花蕎麦に蝶むるゝ日も海荒れつ
石蕗咲きて石に水打つこともなし
買ふものに冬至の柚子も買ひ添へぬ
洗ひ髪いまだ濡れゐて除夜の鐘
見つゝ来し凧の下なり投函す
霜焼に手ふれつ思ひまとまらず

朧夜の山風遠くわたりをり

花の雨巌《いわ》の裾ゆく傘ひとつ

塞がむと思ひてはまた爐につどふ

藤咲くや水をゆたかにつかひ馴れ

おもはゆし蚕《こ》飼《がい》さなかの外出とて

螢火やひとりの歩みすぐかへす

働きて汗のにほひのわが匂ひ

客に挿す百合があまりて厨にも

峡の空狭きに馴れて星まつる

まだ泳ぐこゑが門辺に星まつり

手の汗も浄めてひらく書を得たり

竹煮草夜々の雷火のたばしれる

流燈の巌に寄るとき瀧しろし

ちゝろ鳴き厨すみずみまで拭かむ

門掃きて雷の来ぬ日の夕ながき

萩咲きぬ峡は蚕飼をくりかへし

新涼の水汲むちから加はりぬ

十五夜のはや手にとゞく柿はなし

十六夜の桑にかくるゝ道ばかり

木犀の香にゐて些事を決めかねつ

夕鵙《もず》や喪服の友に歩を合はせ

茸狩りの山の祭にゆき会はす

秋の夜のいまもきびしき額の父

屋根を打つ落葉の音よ寝足らひて

冬日得て塵置きやすき書架その他

木枯に袖かきあはす夜の使ひ

夜々明き月こそかなし年の果

寒椿墓には風の音ばかり

夜の枯野つまづきてより怯えけり

うぐひすや坂また坂に息みだれ

冬山に記憶の果を堰かれけり

風邪に寝て母の足おと母のこゑ

事了へし安堵や風邪を引き返す

大河原村　三句

紙を干す戸毎の梅に垣もなし

岨の梅瀬の梅紙を干しつゞる

紙漉を見に来て蝌《か》蚪《と》に歩を戻す

花の雨遺族の誇りいまはなし

更衣母のみ恃む齢ならず

セルを着て人の別れを分け通る

茶づくりの香にむせぶまで寄りて見つ

あなどりし咳とつのるや夜の蛙

嶺に湧く雲をたのみて諸植うる

梅雨冷えの縫ひてほてらすたなごゝろ

梅雨ごもり一事を胸にあたゝむる

梅雨の川荒れて家ぬちの音を断つ

額の雨鏡のわれも翳まとふ

諭されし身を片蔭に入れいそぐ

暑き日の人の仕事のうらおもて

はたはたや外出の母と径に逢ふ

夏永く渓のたぎちに紛れ住む

下り立ちて灯にゆく灯蛾とすれちがふ

迎火のあとすぐ山の驟雨来し

梅干して家負ひ給ふ母かなし

急ぎつゝみじめさつのる野分中

秋燈下戻りし母にこゑつどふ

初百舌鳥にいつもの山を出て仰ぐ

月の夜も雷鳴こもる嶺のうら

十六夜の水にこゑして人過ぎぬ

わが咳のわれより先に母目覚む

風邪ごもり八つ手の虻を玻璃に堰《せ》き

一日臥し枯野の音を聴きつくす

枯野道先立つ犬を灯に照らす

寒き夜の玻璃に映りて火をはこぶ

降る雪に出でゝ磨ぐ米白からぬ

風邪ゆゑの足袋の白さを保ちけり

枯るゝ中見に来し梅に日が落つる

刻過す海に冬日の崖あれば

北吹けりこの夜かゝはる我行く方

待つと言へば忌日を待ちて冬籠

父の忌の松籟寒の家を蔽ふ

息白しよべにつゞきて思ふこと

使はざる部屋も灯して豆を撒く

子は母の影に入りては麦を踏む

蝶の昼玻璃にうつりし顔疲る

母ゐますまどひに遠く花疲れ

素足まだ廊になじまず藤咲けり

セルを着て母をも誘ふ映画来ぬ

熱の身の一間を出でず夕焼くる

桐の花母あるかぎり夢たもつ

梅雨の傘並みゆき心へだてをり

鶏犬のこもごも梅雨の縁よごす

渓たぎつ端居の夜々の空狭き

手向くるに似たりひとりの手花火は

晩学の辞書につまづく日の盛り

稲びかり野にいでし日は夜も渇く

いろすでに草に紛れず実梅落つ

籐椅子に母のながくもゐたまはず

いなびかり生涯峡を出ず住むか

炎天に塵焚く汗のいさぎよし

草津　五句

高原に着きし夜も出て雷火浴ぶ

つばくろに温泉《ゆ》けむりしるき日の出前

白地着て高原にわが暮れのこる

昨日見し山のポストを霧に探す

桔《きち》梗《こう》や母子の旅の雨の日々

荒き瀬の流燈並ぶこともなし

月の出に蹈みて草の蛾をたゝす

月の夜の思はぬ案山子前に立つ

黙しゐてこほろぎに家を占めらるゝ

昼たもつ朝顔見れば秋ふかむ

秋簾ひとりの朝餉音たてず
残りたる田畑を守りて十三夜
百舌鳥鳴くや言葉に堪へて煩熱す
見送られゐて鶏頭をかなしめる

大島より伊豆の旅　十句

天の川夜発つ船を誰か見る
朝の蟲一歩に船の酔忘る
火の山の風雨の野菊宿に挿す
野分浪とゞろく胸を抱きて眠る
暁の蟲手燭に旅装とゝのへぬ

一日ゐて海の香ぞ沁む秋袷
曼珠沙華船下りし後も波に酔ふ
秋蝶の急げる方に天城澄む
残る蟲夜の白波は堪へがたし
蕎麦の花露けき富士を野にさがす
菊白く抱きて家路の月に逢ふ
書き上げし手紙を一夜菊のもと
爐のまどゐ去りがたくして怠けゐつ
日の中に咳けばあたりの微塵とぶ

爐に寄りて口にくまれてゐたりけり

菊焚

昭和二十六―二十九年

焚火あぐ挫折ひさしき胸の前

菊焚いて来て束の間の香をまとふ

かゝる世に楯なす山の枯れつくし

波郷先生を見舞ひて　二句

見ゆるまで病む寒燈をかへりみつ

躓《つまず》きて見る焼跡の時雨星

寝る前の顔をぬらして雪仰ぐ

榾《ほだ》ほこり雛の髪にも来てかなし

受験子の雛にかゝはりなく灯す

炭を挽く母と思へど立ち行かず

蝶の昼暗き家ぬちに安んずる

遠蛙言訳つのるばかりなり

栗の花月盈《みつ》る夜々降りとほす

ほとゝぎす夕冷え胸の奥よりす

ほとゝぎす夜は菜園も雲の中

山の子と岨避け合ふや梅雨の蝶

山女魚突く谿間にながき日の出前

麦干して峠路ふさぐ一部落

虹の下桑真青に濡れて負ふ

螢籠昼のうつろに海が透く

海に見て夜涼の月のよるべなし

七夕の夫婦して牛洗ひをり

野分中汲み来し水の揺れやまぬ

鍬とりし手足ぞほてる稲びかり

別れ蚊帳上体月の中に覚む

喪の後の一途に老いし秋袷

百舌鳥鳴けよ山ゆく一日奔放に

皇鈴《みすず》山吟行　三句

＊昭和二十六年九月二十三日のこと。句集の「星鈴山」は誤り。

夕百舌鳥に歩き耐へゐし人の後

とゞまれば蹠《あうら》脈搏つ曼珠沙華

颱風の鶏飢えしめつ日暮ぬる

姪誕生

雛頭にみどり子の項《くび》さだまらず

百舌鳥鳴ける方をふさぎて農夫立つ

菊を抱き急げば胸に風おこる

甘藷掘をねぎらふおのが手の白く

女手にとゞかぬ柿の残りつゝ

皇鈴山吟行後、水原先生病むと聞きて　二句

木の実落つ夢に怯えし一夜明け

叱らるゝべく訪ふ風の萩紫苑

鳥渡る俯向くことの縫ふ日々に

猟銃音夕べ母子の黙ふかし

雞頭や一語に脆く我を折られ

嘆くたび雞頭いろを深めたる

柿買ひの自転車止るきりぎしに

朝の菊切らむと思ふ卓を拭き

干柿の夜は窓の灯に影ならぶ

大根洗ふ鶏舎の前をかく濡らし

冬夕焼田を鋤く一家かたまりて

短日の牛忘らるゝ崖下に

菊さむし押売影を曳きて去る

残る柿一顆を飾る壺のそば

雁仰ぐいまさら峡の底に住み

末枯るゝ径吊橋にあつまりぬ

足袋白く帰る薄暮のにはたづみ

白足袋に沁む愛燐《ママ》や喪をかさね

人前に静坐ひさしき穂架とぶ

クリスマス近き犬にも首輪買ふ

犬連れて枯野の犬に吠えらるゝ

寒き夜の母黙させて読めりけり

人の子を抱き来てうつる冬鏡

焦心の髪洗ふなり雪の日に

友を見舞ひて　二句

枯山へ病舎を繋ぐ階いくつ

病む窓に故郷の餅を干しひろげ

＊愛憐《あいれん》か？

枯野星家路は永久に北を指し

病む母と共に籠れば二月ゆく

隙間風熱の額を吹き通る

吾のみの雪の足跡にわが追はれ

母病みて

東風強し手籠の底の薬瓶

母病む家たゞに春月照らすなり

春嵐真夜の注射に息凝らす

おろおろと母病む春の過ぎつをり

行く雁に母は病みつゝ何の詩ぞ

追ひ越せし金魚売わが峡へ来ず

寝不足の髪に風沁む朝ざくら

母癒えてすぐにも黴を防ぐなる

十薬や母子の夢の相寄らず

紫陽花に昼を睡りて何失ふ

いろ淡き扇少女の中に選る

梅雨夕焼世の隅の家隅に縫ふ

向日葵よりいまし月濃きゆあみかな

月代やラジ《ママ》オドラマに濤の音

＊ラヂオか？

悲劇見しかくすなし西日中

栃木　四句

新墾を焼く火雷雲の中となる

山焼けり暮れて蚕飼の灯に紛れ

嶺々の雷ひゞきあふ屋根の石

稲妻の谿裂くたびに霧厚し

椅子寂びぬ雛頭日々に縁を抽き

花火果て家路の遠さ悔ゆるかな

こほろぎの一夜滅びのこゑ激し

後れし母に芒の深さ分けて待つ

雨の菊いくたびか立つ玻璃の前

猟銃音に痩肩打たれ朝はじまる

洗ひし菜積むまゝ風邪の母とわれ

冬至まで柚子おろそかにまろびをり

秩父中津峡谷　四句

断崖に柿干す簷《のき》を重ねけり

うすうすと麦芽立つ畑天へ積む

萬尺の瀧涸れつくす巌の相

嶺暮るゝ後も冬雲の裏赤し

買ひしもの枯野の風にさらし来ぬ

夕さむし麦踏に声かけてより

掃かれつゝ裁《たち》屑紅し寒雀

寒梅や日曜の子ら薪を負ふ

一握の菊焚く土を焦しける

農夫らの声筒抜けに枯野来る

犬の目のわれを敬ふ枯野行

もの言はぬ忌日の暮色寒雀

贈られし一書抱くや実朝忌

膝の書に犬が顔出す春の暮

母再び病みて入院

牡丹の芽暮るゝ一朶《だ》の雲愁ふ

病み疲れ母眠る中さくら挿す

鶯の朝洗はるゝ手術室

花遠し廊に相睦ぶ附添婦

楓の芽ほぐるゝ一喜一憂に

心労の視野押寄する花菜の黄

囀れり息ひそめ住む母の留守

春蚊いづ仮寝に憂ふ母の上

初ひぐらし母診られゐる最中にて

医師に汲む水の憂色梅雨の暮

病家族茄子辛うじて咲くに逢ふ

七夕竹刻に遅れず流すなり

人に逢はぬまゝ夏瘠もかへりみず

母退院後も原因不明の熱出づ

かりそめの医書読み漁る蟲の夜々

鰯雲母病む一事負ひ疲れ

倒るゝまで枯向日葵を立たせ置く

葛垂れて峽いでぬ夏逝かむとす

野より来て泥手にともす秋の暮

わが読めばこほろぎ母を鳴きつゝむ

いのちある蝶吹き溜めし野分かな

亡き兵の妻の名負ふも雁の頃

黄葉期拱《きょう》手《しゅ》して母病ますかも

熱の刻来つゝ雛頭峠をなす

母上京入院

夕日赤しニコライの鐘鳴る靄に

母に侍す終日冷えし椅子ひとつ

聖樹の辺こゝろ俯向く小買物

医師らの白衣つれなしクリスマス

一ケ月経て病源不明

退院のゆく手枯山ばかりなり

凍てし玻璃自ら恃《たの》む息寄する

一途にも年越えぬ母死を越えぬ

霜のこゑ

昭和三十―三十二年

旧知の医師を訪ねて、雪後なり

解けつゝぞ目鼻泣きゐる雪だるま

心あそぶ小机の下冬日満つ

かまど火の奥透きとほり雪の暮

夜の落葉踏み来て犬の跫音なり

崖下や春へ急かるゝ落葉焚

東《ひんがし》へ低き冬山手紙待つ

喉のべて湿布巻きをり夜の雪

牡丹の芽瑠璃の影生む雪の上

従妹急逝

花冷やいまはの脈を数へられ

雛納む箱柩めく葬の後

小豆島

海よりの雨つぶてなす遅ざくら

雨の札所孕雀の濡れそぼつ

春愁や波音かぶる船の楽

琴平

囀や石段に継ぐ息ふかく

朝寝せりあてなき旅の如くにも

蝶の昼一樹なき墓翳し合ふ

船路にて春の夜汽車の灯を恋ふも

郭公や山畑に負ふ消毒器

栗咲くや不平を溜めて農の妻

白地着て夜の鞦《しゅう》韆《せん》の織子たち

翳多き家の一隅百合ひらく

朝蟬や髪にひそめしピンの数

紫陽花に手紙冒頭より冷たし

萩揺るゝ母の愚痴こそ遁れたし

強ひらるゝ早寝にともり螢籠

嶺のうら雲またゝくは遠花火

曼珠沙華いづこを行くも農婦の目

秋の風先ゆく馬の腰高し

留守の戸に戻る秋風まづ入れて

癒えし母掃くをたのしむ花八つ手

干す足袋の白さに枯野つゞきゐぬ

熱の唇乾きてかたし寒雀

睡るまで髪硬かりし霜のこゑ

麦踏みて子の墓近く喪の農夫

父の忌や枯山に日の滞り

雪来ると薪積みし手の匂ふなり

枯野にて悲歌奏でいづ宣伝車

花売も枯野来て髪粗く立つ

還暦の母に姉妹して鏡台を贈り

冬鏡今日以後を母老いしむな

寝おくれし帯よりこぼれ年の豆

木樵らに屋根見下され寒に住む

耕牛を立たせ永読む掲示板

夜の椿怠け積む書の崩るゝも

椿頒《わか》つ墓となりても隣人ら

嫁ぐ友来て出づる春闌けにけり

選挙前村騒然と芽吹くなり

奥日光

なほ枯れて燕の五月来たりけり

囀れり電柱樺に立ち紛れ

うぐひすや牧にて跨《また》ぐ牛の糞

春遅し牧に囲ひし畑打ちて

朧夜の瀧は聞くのみに返しけり

鱒はねて春月湖に冴ゆるなり

赤城行　五句

行楽の躑躅に憩ふ肩かくす

苔咲くと湿原に足袋濡らすなり

霧迅《はや》し残る日に蝶いそぎをり

夜の林梅雨咲く花の香を溜めつ

郭公や身支度映す雨の玻璃

雨いたる田掻牛いま労《いた》はられ

刻かけて蕗煮る厨古びたり

ほとゝぎす農夫猫背に話し込む

秋燕や畑にしあれば人やさし

鼠出て栗曳く音の憎からぬ

違算あり野に曼珠沙華かき消えて

縁先に膝すゝめ縫ふ秋の暮

木を伐つて西押しひらく鰯雲

年を越す括りて青菜野に残し

閉《さ》す門の内にあふれて枯野星

悉く無意味の外出みぞれくる

父の忌の寒《かん》庭《てい》石も枯れつくす

笹鳴や薪挽く農の息ながし

風邪の後寒さのみかは怖じ易く

濡れ手もて渡す祭費日脚伸ぶ

探梅めきて売山の値を踏みに入る

梅咲きぬ幅せばめ縫ふ母の帯

摘草の犬にも昼餉さげて出づ

草摘むや記憶の径のみ母の言ふ

硝子戸に山風荒し雛の燭

掃立に寄する嘆きや別れ霜

母の日の花苗植うる雨やさし

高尾山

老《ろう》杉《さん》の木蔭たのむや蕨売

軽井沢行

苗代の案山子や旅の見はじめに

積む薪の白樺かなしほとゝぎす

卯の花や愚かにかばふ雨の足袋

草木瓜の咲き入るまゝに氷室朽つ

郭公に寝不足かこつ野の青さ

栃本　四句

*昭和三十一年

覗く谿麦刈りのぼる顔に逢ふ

あれちのぎく軌道に歩幅みだれをり

木苺に搬材車上手を伸ばす

夕河鹿自炊の食器数足らぬ

倖を装ふごとく扇買ふ

書架の隅蜂巣づくるにうろたへぬ

寂《じゃく》寞《まく》と蔵片付くる日の盛り

夜の蟬無人の廊に灯をのこす

夕蟬の遠さよ旱つゞくなり

そゝくさと上《じょう》簇《ぞく》期なる星まつり

犬が飲む月下の泉溢れをり

母寝ねしあとより夜涼満ち来たる

一人出てうしろさみしき遠花火

良夜なり桑足りて閉す蚕屋障子

一書より叱咤湧く日や秋の蟬

柿剝くや坐りぬくめし夜の畳

秋の風鈴来し方隙間だらけなり

尾根越え来し膝ゆるびをり曼珠沙華

曼珠沙華濁流峡を出でいそぐ

畑隅の桑の売れたる九月尽

蚊帳とれて瀬音にさらす臥床なる

露の日曜農夫の訪ふは朝はやし

秋袷悔みに農婦誘ひつれ

神楽師の宿とて出でず秋祭

渓の日に冬菜洗ひの落合ふも

茶が咲けり寂けさに土呟くも

母病むや凍てゝ真白きこぼれ米

雪夜にて妙にも耳の鳴りゐたる

押寄せて括り桑立つ夜の家路

月さむく集会帰り私語に満つ

春浅し雪来てはゞむ山仕事

春疾風家守る凡に徹しつゝ

野の塚に納雛とし寄合へる

日雇ひと共に言荒れ養蚕期

安中にて

つばくろや土鋤《す》きこぼす舗装路に

暮遅し吊橋の端に画家載せて

夕映えの藤はるけさよ碓氷川

棒名湖　二句

貸馬の湖逸《そ》るゝなし暮の春

雉子翔《か》くる谿見下しに騎馬乙女

三峯山にて、「鶴」の人々と

人とゐて谿あたらしき青胡桃

梅雨の嶺の一角ともす宴更けぬ

明易き柱鏡に霧凝《こ》れる

霧うごく梅雨明暗の杉の幹

登山者の背に霧割るゝほとゝぎす

＊昭和三十二年七月十三、四日

菖蒲咲き茶店乙女も朝すがし

蕎麦打つや翳《かげ》して青き楢楓

宣伝歌田草取る背のひた踞《かが》む

祭花火朝より青嶺がくれかな

百合咲く香胸奥つかれゐて厭《いと》ふ

部落会我が手に夜蟬抑へをり

一つ音の法師蟬過去透きにけり

花煙草盛りの淡し農婦病む

迎火や足昏れて過ぐ一農婦

霊棚を結ふにも力つくすなり

盆過ぎの簾《す》に透く草木うらがなし

流燈や膝折る岩のなほ灼けて

流燈の降り出でゝ数逸《はや》るなり

流燈のゆきて闢《ひら》けり峡の闇

秋蝶や朝日ぬくもる旅の膝

おのれ見つむ雨は黄葉にそゝぎをり

秋耕の立ちて独りの背を見する

日に月に腰折れ紫苑揺れとほす

栃木にて

綿蟲や青菜ゆたかに峽十戸

石垣の倚る背にぬくし虫残る

豆を打つ発破の谿に臀《しり》向けて

蒟蒻を干す簷端より枯れそめし

木葉髪寝覚めに岳の迫りをり

枯るゝ嶺に向ひし朝餉虔ましき

二瀬ダム工事　二句

焚火して顔相似たり道路工

落石の誘ひし落葉宙にあり

＊昭和三十二年冬

残る音の蟋蟀とゐて火を燃やす

銀杏落葉ひろへり齢覗かれて

跋

石田波郷

私が馬場移公子さんの名を知ったのは、清瀬に療養中のことである。私は病中六年ぶりに馬酔木に復帰するとすぐ療養所入りをした。書見器にかけて読んだ馬酔木誌上で、戦後第一期の新人群、山田文夫、藤田湘子、能村登四郎、林翔、水谷晴光、澤田緑生、持田旋花等に混って、馬場さんの句の、女流らしい感性のあふれた把握と、その叙法が撓やかでゐて強い格調をもってゐるのに注目した。

萩咲きぬ峡は蚕飼をくりかへし
茸狩りの山の祭にゆき会はす
夜々明き月こそかなし年の果
夜の枯野つまづきてより怯えけり
うぐひすや坂また坂に息みだれ

内容にも表現にも些かの過不足がなく、而も新人らしい気負ひも、未熟もない。俳句をはじめて三、四年ときいて驚いたものである。療養所を訪ねてくれる馬酔木の若い人々から、馬場さんは秩父の人で、戦争の為御主人を亡くされた若く美しい人で、帰つてゐる家は豪家で蚕種を扱つてゐる、といふことを聞いた。私の友人に日野の蚕種屋が居るが、これも豪家だ。今日養蚕は衰へてゐるが、蚕は農家が現金を得る貴重な副業で、日本の農業経済史の大きな縦糸である。蚕種屋は大抵一地方に一軒、大きな屋敷にも、その地方の重要な旧家であることが偲ばれるものだ。さういふ家に生まれた馬場さんは、然し戦争の為め夫を失つて再び実家に帰り、もはや結婚の意志をもたないといふ。

いなびかり生涯峡を出ず住むか

さういふ人だけに、俳句への傾倒も、さびしさをまぎらはすとか、消閑のためといふ趣味的なものではなく、重い宿命を負つた若い命を燃焼させての、はげしいものだったにちがひない。

秩父は、末は隅田川となる荒川の流れをはさんで深く長い峡である。長瀞を少し下ると、峡はにはかにひらけて、緑の田畑をもつが、馬場さんの家は、さういふ明け口の左岸のやゝ開けた畑を前に、山の根に甍をつらねてゐる。荒川の瀬音は日も夜も聞えるのである。私は或る夏長瀞の燈籠流しを見に行つたことがある。秩父の農家では七夕や盆は、新でも旧でも月遅れでもなくて、夏蚕が上つた時ださうだ。蚕を飼ふ生活が暦に優先するのである。さういふ風土と生活を背景にして、馬場さんの俳句は成立してゐるのである。馬場さんの俳句には、自然や生活を詠めば勿論、その内心をのぞきこんだ句にさえも、「峡の音」がこもつてゐるのである。

峡の空狭きに馴れて星まつる
竹煮草夜々の雷火のたばしれる
嶺に湧く雲をたのみて藷植うる
梅雨の川荒れて家ぬちの音を断つ
十六夜の水にこゑして人過ぎぬ
一日臥し枯野の音を聴きつくす
荒き瀬の流燈並ぶこともなし
ほとゝぎす夜は菜園も雲の中
七夕の夫婦して牛洗ひをり
短日の牛忘らるゝ崖下に
葛垂れて峡いでぬ夏逝かむとす
崖下や春へ急かるゝ落葉焚
郭公や山畑に負ふ消毒器
良夜なり桑足りて閉す蚕屋障子
渓の日に冬菜洗ひの落合ふも

花煙草盛りの淡し農婦病む

これらの句は特に秩父の風物をのみとりあげてゐるわけではないが、秩父の山々に包まれ荒川と狭い耕土にすがつて生きてゆく生活が、そこに生きる者の愛情をもつて描かれてゐる。馬場さんは、自分の句を作すに当つて、郷土愛の精神で秩父を詠み出さうなどとは考へはしない。これらの句もそんな意味の秩父の句ではないのである。自分の生きてゐる場をかりそめと思はないで、深い観照の目をそゝいでゐるに過ぎず、それが大切なのだ。各地方の俳人たちがそれぞれの住む風土と生活を詠むといふことを、なほざりに見過ごしてはならない。作者も読者ももつと切実な関心をもつて、彫の深い描写力と暖かい厚味のある観照によつて、われわれの自然に深く根を下した生活の姿を、倦むことなく詠みあげてゆく努力を、改めて高く評価すべきだと思ふ。

寝る前の額をぬらして雪仰ぐ

*原句は「顔をぬらして」

手向くるに似たりひとりの手花火は

ほとゝぎす夕冷胸の奥よりす

別れ蚊帳上躰月の中に覚む

野分中汲み来し水の揺れやまぬ

嘆くたび鶏頭いろを深めたる

犬連れて枯野の犬に吠えらるゝ

紫陽花に昼を睡りて何失ふ
夕さむし麦踏に声かけてより
倒るゝまで枯向日葵を立たせ置く
東へ低き冬山手紙待つ
睡るまで髪硬かりし霜のこゑ
鼠出て栗曳く音の憎からぬ
一書より叱咤湧く日や秋の蟬
曼珠沙華濁流峡を出でいそぐ
雪夜にて妙にも耳の鳴りゐたる
一つ音の法師蟬過去透きにけり
霊棚を結ふにも力つくすなり
盆過ぎの簾に透く草木うらがなし
残る音の蟋蟀とゐて火を燃やす

引用句が多すぎるかと思ふ程だが、馬場さんの俳句の本領は、かういふ句にあるといってよい。山峡を縫つて流れる荒川のひゞきの日夜絶えることのない天地に、生きつゞける一女流の哀歓を秘めた息づかひがここに脈々と詠み出されてゐる。たとへば「ほとゝぎす」の句は、峡の狭い空を染めつくした夕焼の下初夏なほ夕べは冷える風土を詠みあげつつ、その夕冷がわが胸の奥から沁み出てくると詠んで、深く長いかなしみをほっと吐き出してゐるのだ。

「霜のこゑ」はどうだらう。上十二は単に作者の髪が堅いといふ事実を詠んでゐるのではない。流れてゆく外的時間と内心の背反を作者はひとり睡らんとしつゝ悲しんでゐるのである。然も胸中から吐き出される息も凍るやうな空気の中に、凛然とひゞいてくる霜のこゑ、きびしい峡の厳冬のこゑに耐へるやうに耳を澄ましてゐるのだ。秋は曼珠沙華が峡の道辺や川瀬の岸をいろどる。雨後の濁流が花の鮮紅色と強い対照を見せてゐる。流水は濁りあふれて、この峡をいそぎ出てゆく。峡を出ることとの出来ない境涯の目が、食入るやうにみつめてゐる。やはり尋常の風景描写ではない。又、一方作者の心は暖かく、軽く、周囲の事象に寄ってゆくこともある「鼠出て」の句、ややもすると平俗な戯心の句になりがちなところを、しみじみとした暖かさを保ってゐるのはその底に一抹のわびしさを宿してゐるからであり、「雪夜にて」の句の『妙にも』の語も、通俗の語を高く澄んだ境地へひきあげてゐる力に驚かざるを得ない。

探梅めきて売山の値を踏みに入る

には、持山の一つを売らうとして、山師と共に早春の尚枯色の山林に踏み入ってゆくのだらう。父を失ひ、病母に支へて主婦がはりの重い荷を負ってゐるのだが、この上五はたゞ作句上の措辞としてではなく、さういふことをも明るく処理してゆく強い心が、これだけの余裕を持ちうるのであらう。

おもはゆし蚕飼さなかの外出とて

甘藷掘をねぎらふおのが手の白く

曼珠沙華いづこを行くも農婦の目

日 雇 と 共 に 言 荒 れ 養 蚕 季

などの句は、私は句として高く評価することはできないが、生涯峡を出ずといふ決意にも似ず白い手のコンプレックスがのぞいてゐて馬場さんの俳句を識るためには見逃せない句である。

繰りかへしていふが、馬場さんの俳句は心づけば常に峡の音がきこえてくる句である。これは意図して出来ることではない。秩父の峡が、運命的に馬場さんを俳句の世界にみちびきやつたといふ他はない。さういつてよい天性の資質が、一すぢに豊かに開花してゐるのである。風にも耐へぬやうな痩身でありながら、山路を下駄ばきで楽々と踏破する体力と、寡黙謙譲の底に金輪際自らを持する強い精神が、作句上のあらゆる困難を人目にそれと感じさせないで克服して来たのだろう。実人生に於ける馬場さんの将来のことは私はこれを卜し得ないが、馬場さんの俳句は一すぢに、益々彫と翳をふかくし、不断に「峡の音」を人々の胸に送るであらう。(一九五七年歳晩)

＊この「跋」については、明らかに誤植と思われるものは訂正した。角川書店刊『石田波郷

全集』第五巻の「序・跋集」も訂正されたものが収められているが、「額をぬらして」は訂正されていない。

あとがき

水原秋櫻子先生御指導のもとに、いつか十年を過ぎ、拙い作品を省みて恥入るばかりですが、今までのものを一応纏めたく、この句集を編みました。昭和二十一年秋、初入選の句から現在までのうち、四百余句を収め、題名『峡の音』は石田波郷先生の命名に依りました。

単調な山峡の明け暮れに倦み、視野の狭さを嘆くことはあつても、この峡に在る時が一ばん自分らしく振舞へて、深い呼吸が出來る様な気がします。昭和十九年一月、夫の戦死、心の癒ゆる間もなく二十一年一月に父を失つたのは、もつとも身に応へましたが、俳句を知ることに依り、慰められ生きる喜びを与へられました。

秋櫻子先生は、怠りがちの私に御懇切なる序文をお書き下さいました。今改めて御礼申上げる言葉もなく感激してをります。

上梓にあたり、波郷先生には、御転居前の御多忙の中で、快くお世話下さつた上、跋文をお書き頂きました。また、夫人あき子さんには何かとお力添へ頂き、御夫妻の御厚情を深く感謝申上げます。

秩父にあつて親身に励まして下さる金子伊昔紅先生の御健在を有難く「馬酔木」にあつては、諸先輩句友の御鞭撻をいたゞき、俳句の上に於てのみ、順境な倖をしみぐ〱思ひました。

村上巌氏の装幀で、まづしい句集を飾つて頂き、蔭ながら近藤德之介氏の御尽力を得ました。共に厚く御礼申上げます。

昭和三十二年十二月

馬場移公子

句集　峡の音
定価　三五〇円

昭和三十三年一月十日印刷
昭和三十三年一月十五日発行

著者　馬場移公子
装幀　村上　巌
発行　石田波郷
印刷　竹内常次郎

東京都江東区北砂町一ノ八〇五
発行所　竹頭社
東京都文京区春日町三ノ二
発売所　近藤書店
振替　東京九三九六六番

馬酔木賞受賞

第一句集出版後、移公子は昭和三十四年度「馬酔木賞」を受賞した。この賞は、全同人をもって委員会を構成し、委員の投票による最高得点者を受賞者とするものであった。各委員は候補者三名を順位をつけて推薦した。この選考を経た結果、馬場移公子の受賞が決定した。

昭和三十四年度　馬酔木賞　馬場移公子

前髪に磨ぐ縫針や一葉忌
雪なき冬橇道おのれひかり出す
寒雲の燃え尽しては峡を出づ
猟銃音に衝かれたる虚の拡がるも
草摘むや生ひ立ちし野に顔古び
烈風に影かばふごと蓬摘む

眉清き集金乙女風花す
恋猫の跳ぶ水闇にひかるなり
雛守るに似てこもるかもわが恙
遠足児胸の名読まれ車中混む
若き日のセル着て農婦投票日
かまど火や田植疲れは踊むのみ
農の餉の塩気ゆたかに薄暑来る
黴の香の帯因習を纏《ま》く如く
蟬声に泣顔浸くる水充たす
三伏の糀に母の愛かけて
巌壁より投げて七夕竹流す
茫茫と夜の河原草花火果つ
鉄路まづ濡れて雨来る曼珠沙華
愛の羽根乗り降り鈍に農の旅

（「馬酔木」昭和三十五年一月号掲載）

感想

馬場移公子

馬酔木賞決定の通知を頂き、直ぐには信じられない気持でした。私は受賞に値する様な目立つ仕事は、何一つ致しておりませんし、他に活躍された先輩をさし置いて、感想を一口に申し上げれば、嬉しいと言うより、責任の重さに茫然としております。

私はただ、句集を出す前は、他人の作句の場に時々憧れたりする傾きもあり、確かな自分の道が仲々決まりませんでしたが、跋文でその方向を示された様に感じ、自分の場に腰を据えて作句しようと考えました。

学浅く、才能乏しく、加えて脆弱な私は、これから努力して、どれほどの進境を示す事が出来ようかと、考え込みそうですが、馬酔木賞として不足の分は、年月をかけても補って行くことが出来たらと存じます。

御温情を賜った水原先生はじめ、同人諸先生、皆様に、心から御礼申上げます。

（同前号掲載　昭和三十四年度「馬酔木賞」受賞感想）

＊移公子の第一句集『峡の音』出版後、波郷は「馬酔木」に「谷原《やはら》雑記」を連載した。その第二回（「馬酔木」昭和三十五年二月号）に移公子が登場する。話は植木のことで、しばらく植木屋との問答がつづいたのち、馬酔木賞のことに触れる。以下抜粋。

谷原雑記

石田波郷

「……私は朴の太いするどい花芽を仰いだ。深い紺碧の空にくっきりと浮かんでまことにたのもしい。秩父の馬場移公子さんが自動車で送ってくれた朴は十年位は経った高い木だったが、芽をひらくことなく枯れてしまった。これは安行から仕入れた二代目である。馬場さんは朴だけでなく、さまざまな木を度々届けてくれた。八丈島の蚕種が飛行機で調布につくのをうけとりにゆくトラックで、大量の木と石をとどけてくれたこともある。畑のあとの殺風景な庭にいくらかでも青いものがあれば、病波郷の目もなぐさむだろうというありがたい配慮からである。

その馬場さんがついに病臥したという手紙は私を非常に驚かせた。

十一月二十九日（昭和三十四年＝引用者）の日曜日、鶴の丹頂会の吟行で迎えにきた友人と村上巌画伯と三人で、石神井公園駅から飯能行の電車に乗りこんでいると、突然馬場さんに声をかけられた。馬場さんの降りようとした電車に私が乗りこんだのである。

『私、馬酔木賞なんですって』

馬場さんは意外そうな表情をして言った。

『三十句と受賞の感想をすぐ送れというので原稿は用意してきましたが、これから先生の所へ行って、どうしてこんな結果になったのかうかがってみようと思って出てきたんです。』

馬場さんは風呂敷包みから句稿と感想の原稿を出して私にさしだした。五十句位書いてある。私は馬酔木に載った句を対象にした賞だから馬酔木以外の句は削った方がよいと言った。感想の中では『馬酔木賞として不足の分は、年月をかけても補って行くことが出来たらと存じます』の語が、その前の謙譲の語をうけて、馬場さんらしい強い決意が出ていて好感がもてた。そこの部分を指しながら私は
『ここのところがいいですね』

と言った。馬場さんは私の家にも一寸寄って行くと言ってひばりが丘で下車した。少しも弱々しいところも、暗いかげもない後ろ姿だった。私が馬酔木賞候補として推薦した三人の中には馬場

さんは入っていなかった。馬場さんの俳句は馬酔木賞になることを少しも不思議としない。ただ馬場さんの三十四年度の句は二年、三年よりも秀れていたかというとやや疑問がある。馬場さんの力を充分に発揮しきっていないところがあったと思う。然しそれでもやはり馬場さんの句は多くの馬酔木人の中でも、かなり濃い個性をもっており、柔軟の如くにして堅確、自在にしてきびしい格調をもっている。馬場さんはもう二、三年もして私に二番目位に推して貰ってから馬酔木賞がとれればよいのにといっていた。二番目位というところが馬場さんらしくて面白い。

馬場さんは西荻の水原先生を訪ねると、先生も奥さんも御不在で、千鶴子さんに案内して貰って藤田湘子君を訪う、藤田君も不在、がっかりして急に疲れが出たそうである。『わざわざお訪ねしなくてもよかったのですが虫が知らせたというのでしょうか』、後で手紙でこう書いているが、今日の馬場さんの気持ちからすれば然あらんと思う。馬場さんは当分東京には出て来られない身体になったからである。秩父に帰って二日目に病院を訪ねてかねて、念のため依頼してあった精密検査の結果をきくと、レントゲン写真で右肺上葉に空洞が見られ、ガフキー七号、すぐ入院すべしと診断されたのである。」

「馬場さんは『私も、生き永らえてどうするということもないのに、病気になれば矢張り治さなければならないと云うのは、うら悲しい事だと思います』というが、われわれは歯が痛んでも歯医者に行って治療する。呼吸器の病気になれば専門の療養所に行って治療するのも、今日ではそれと本質的には少しも変りないのである。そういう馬場さんが、私の庭の木をみてこんなに植木に凝るとは思わなかったと呆れ、もうこれ以上植えては茂り合って今に大変だろうと心配している。

然しそれでも私は春になったら、もっともっと木を植えるつもりだ。日溜りで植木の話をしているのは老懶《ろうらん》にみえるかもしれない。だが樹木はその外見の如く静かに声なき生物ではない。意志堅く、辛抱強く、生命力のゆたかなこと到底人間たちの及ぶところではない。私たちはそういう生命について論じていたのだといってもよい。観念的な生命でなくて、根のはり方、花が咲き、葉を噴き出すたくましい生態を具体的に語っていたのだ。雪椿は日本の脊梁山脈の北側に点在するが、雪の中に横に這って枝をのばし美しい花を咲かせるのである。

馬場さんが病気を克服しつつ新しい峡の音を私どもにきかせてくれる日を期待したい。」

（「馬酔木」昭和三十五年二月号）

＊

「馬酔木」昭和三十五年二月号の同人欄「風雪集」で移公子は巻頭となるが、句は「病負ふ」と題する七句であった。

病負ふ　　　　　　　　馬場移公子

返り花疲れが歯痛引き出だす
柿剝く刃寂しき目鼻映るなり
影のごと母ある日ざし枯芙蓉
落葉踏んで来たるべく来し病負ふ
堰切れば涙無量や木葉髪

入院

聴き納めゐる峡のこゑ落葉の音
残しゆく就中《なかんずく》書に冬日さし

「俳句」誌、昭和三十五年八月号に「協会賞・結社賞作家特集」がある。ここに移公子の写真と馬酔木賞作品が載っている。作者紹介の中の住所は、「埼玉県大里郡江南村県立小原療養所三病棟」となっている。「埼玉県立小原療養所」は結核療養所（現熊谷市、旧江南村）。一九九四年に改組され、現在の「埼玉県立循環器・呼吸器病センター」となった。

移公子は小原療養所に入院するが、見舞いに来た堀口星眠の勧めで、安中の星眠の病院に転院し、およそ三ヶ月過ごす。

「馬酔木」昭和三十五年四月号の堀口星眠の七句中の一句、

馬場さん入院

望郷の窓磨かれて野火ともる　　堀口星眠

「馬酔木」同年五月号の藤田湘子の七句中の一句、

馬場さん

萌ゆる野がひろごり遠を見て話す　　藤田湘子（句集『雲の流域』所収）

右の星眠、湘子の二句は、移公子が安中の堀口星眠の病院に入院していた頃の作である。移公子はその後、波郷の勧めで埼玉県立小原療養所に再び入院する。

昭和三十五年十一月二十九日、波郷は療養所に移公子を訪ねている。

「朝九時半篠田麦子氏来、共に埼玉甲南村《ママ》を訪ふ。熊谷で正午、小原療養所に至ればすでに安静時間始まらんとす。馬場移公子に寸会」（以下略）。

（「波郷亭日録」角川書店版『全集』第九巻）

「馬酔木」昭和三十六年二月号に、移公子はこの時の句を残している。

波郷先生、麦子氏に見舞はれて

冬乾く外に出て言葉つまづくも

われよりも師の咳ひゞき冬の沼

移公子は小原療養所を五月に退院し、以後月一回の外来に通うことになる。

退院して

ふるさとの雷雨たばしる芍薬に

身にはたと抽斗多き梅雨入かな

耕耘機ひゞく五月を隠れ臥し

移公子は病身を労りつつ母と弟と共に家業にいそしみ、時に伊昔紅の句会に参加し、馬酔木に投句を続ける。

第三章　第二句集『峡《かい》の雲《くも》』

晩年の馬場移公子

第二句集『峡の雲』は「馬酔木」昭和三十三年三月号の投句作に始まり、同六十年七月号までの二十七年間にわたる四百三十七句を収める。まさに厳選句集である。

この二十七年間に、移公子の身辺には様々な出来事があった。

三十四年度　「馬酔木賞」受賞。

同年初夏　軽い結核で埼玉県立小原療養所へ入院。途中で安中の堀口星眠の病院へ転院、三ヶ月後再び小原療養所に入院。

昭和三十六年　退院。

同　四十四年　波郷逝去、五十六歳。

同　四十七年　生家の蚕種会社製造所廃止。義妹千鶴子、交通事故にて急逝、三十八歳。妹松岡かづ江肺ガンで逝去、四十四歳。

同　五十二年　金子伊昔紅逝去、八十八歳。

同　五十六年　水原秋桜子逝去、八十八歳。

同　五十八年　母コウ逝去、八十八歳。

同　六十一年　句集『峡の雲』にて第二十五回「俳人協会賞」受賞。

「あとがき」に、峡も開発の騒音を免れぬようになったとあるのは、列島改造論の波による。

峡の雲

《帯文》

著者は秩父の峡深く、むしろ世に顕れることをひたすら避けるかのようにつゝましく生きる旧家の佳人。水原秋桜子・石田波郷に親炙した名花が、まぼろしの第一句集『峡の音』以後の作品から含羞のうちに自選した珠玉の四百余句。

《帯裏》

収録作品より

霜の華ひと息の詩は
胸あつし

繭玉の数を尽くせし
昔あり

呪詛のごと樹の根を
巻けり曼珠沙華

雪催ひまこと狢の
鳴く夜にて

きさらぎの祭を
隔つ櫟山

目次

霜の華

昭和三十二年〜三十七年

捨皿の藍透かせをり枯葎

笹鳴や青淵覗く危さに

畝あるく鳩首立てて暖かし

初午や雪割麦の平安に

富士山麓　四句

子を乗せて幟立つ野の田掻馬

旅にして覗く飼屋の奥くらし

夕づくや桑摘の背に泉鳴り

夜鷹鳴き湖の彼方の灯に溺る

籠りをり麦秋の風椎樫に

麦秋の村つらぬきて鉄路錆ぶ

蛙囃す働かざるが農の敵

氷菓売野の寂しさに鐘鳴らす

激雷の後なる虹の久しさよ

外風呂を焚く火はなやげ黍あらし

炎天に発破の合図いやながし

出水以後人語に遠く鵙ちかし

弟婚約

霜の菊安堵にも母老いゆくや

十三夜蔵の引戸の鈴冴えて

雪夜の瀬こころを遣れば奏でをり

寒雲の燃え尽しては峡を出づ

烈風に影かばふごと蓬摘む

受験期の子の母なれや友遠き

バスに酔ふうらさびしさよ犬ふぐり

葉ざくらや地に顔混みて遠足児

指で拭く刃物の水気みどりさす

春蟬に蚕籠洗ひの来ては和す

花柘榴人の不幸をさし覗く

万座　三句

郭公や茎しろがねに竹煮草

殺生谷梅雨一抹の緑なし

明易き立枯れ栂《つが》の数知れず

黴の香の帯因習を巻く如く

巌壁より投げて七夕竹流す

野外映画の声破れけり黍の風

天地の渇きに花火滴らす

茫々と夜の河原草花火果つ

蒼海の斯くも寂寥サングラス

壺春堂

驟雨過の百合看護婦が出て起す

鉄路まづ濡れて雨来る曼珠沙華

秋草を提ぐる手熱く峠越ゆ

あらくさの蓬の匂ふ秋の風

柿食むやいつまでかある母の庇護

柿剝く刃寂しき目鼻映るなり

落葉踏んで来たるべく来し病負ふ

入院

聴き納めゐる峡のこゑ落葉の音

残しゆく就中書に冬日さし

霜の華ひと息の詩は胸あつし

元日の病棟越ゆる雉子あをし

爪あげて軽症病舎隔たれり

目こぼしの焚火守めき老患者

凍金魚瀕死の日数重ねをり

野の涯のこゑなき夜火事見つつ咳く

愛しむや汽車行く方の雪嶺を

鳥曇虚ろの吾にわが侍して

よるべなき遠景ばかり陽炎へり

春雷をひとりうべなふ箸とめて

松の芯犇めく月日かけて病む

頰のしみはた胸の汚点梅雨きざす

梅雨稲妻早寝も業の病者達

命綱投ぐるごと蟬鳴きいだす

青林檎ふるさとは盆ちかきかな

追ひ詰められをり息長き蟋蟀に

徒食の手触れて鋭き稲の葉よ

鵙の尾や臥て空ばかり限りなし

雁渡る病棟の端に住みつきて

深む秋病む不幸せ笑ひ合ひ

残る虫枯れそめて地が暖かし

柿食みていよよ乏しき血を冷やす

木葉髪かたみに過去を修飾し

病める荷の中花種も冬眠り

木枯の夜の巡視燈やはらかし

日々視野の枯野へ階を降り行かず

草萌ゆる試歩に展けし祭幟

退院

身にはたと抽斗多き梅雨入かな

無為のわが白地の膝に雷火さす

雷来つつ芥焚く火の起ち上る

迎火におのれ火照りて足れりとす

盂蘭盆の飯食が枷農の主婦

草深く盆の水仕の灯を流す

裸子の覗く鏡裏に何もなし

紺地着て朝日あたらし颱風過

諍ひも天に筒抜け月の峡

小鳥来て風邪の瞼の日を揺るも

啄木鳥と聞きしは遠く木を伐れる

荒神に仕ふる如く風邪怖る

落葉焚

昭和三十八年〜四十二年

亡き犬もまじる寒夜の遠吠えは

枯野ゆく幼子絶えず言葉欲り
草笛を子に吹く息の短さよ
くりかへす徒労や簷の囲の蜘蛛も
鷺跳んで暮色をひらく代田掻
瀬に寄れば却って遠し河鹿笛
紫蘇枯るる影も生まずにわが月日
花八ッ手日陰は空の藍浸みて
露充ちしおもさに榠《か》樝《りん》落ちはじむ
穭《ひつじ》田《だ》のみどり鮮たに文化の日

夕冷えて鶏頭の朱の改まる

平林寺　二句

垣間見る野点ひそかや冬紅葉

古書曝す寺武蔵野に冬来つつ

温もるにはやき幼児や落葉焚

蒟蒻掘紅蓮の焚火あげて暮る

枯れゆけば空引き寄せて川流る

山裏の夕べ明るむ年木樵

木出馬坂擦り減らし年暮るる

風花の拉し去る日をはや恃まず

早春の満月母は旅にあり

弱き身の気侭あるのみ木瓜ふふむ

恍惚とちゝはゝの世の雛飾る

雛古りてかんばせいよゝ澄めるなり

信ずれば足るやすらぎや菊根分

岨畑の鍬音高し朝つばめ

胸を圧す香に覚めつ百合ひらきをり

病みし過去郷愁に似て浴衣縫ふ

友蟬にこゑの尾急かれ法師蟬

風鈴や一徹が身を縛しをり

秋燕や唾の詰まりし子の喇叭

稲雀翔けて喪の家遠巻に

豆打つ音聞きをり老が打つならむ

落葉焚病を楯の月日寂び

木枯を帰りて熱き夜の瞼

朝ごとの一馬蹄音凍てにけり

絶叫に似し朝雉子のかなしさよ

夢に来し祖母恋ふ八十八夜かな

淙々ときほふ雨後の瀬菖蒲葺く

晩霜予報寝ね時の星大粒に

ほととぎす瀬音も朝へ引緊る

螢火にかざす手餓鬼に似たらずや

祭花火蒟蒻は葉をかさね合ふ

洗ひやる子の細首や宵祭

終の花火雨に浮足立ちにけり

芙蓉咲き齢の急かす母の旅

鴫にゆつくり洗面の母旅終へぬ

きらめきて湖が背にある蒟蒻掘

柿干して日月もまた乾びゆく

猟犬は他所ものの峡の犬吠ゆる

猟銃音峡の暮色の抗はず

切株に弾みて寒の山鴉

足袋干して昨日はるけし鳥雲に

音楽寺　二句

枝垂桜浄土へ辿る坂ながき

一望に事なき盆地霞むなり

売桑を量る野天や梅雨つばめ

食むとなし通草一連卓にして

冬耕の憩ひて土に紛れぬる

額に撰る冬星ひとつ誕生日

仕来りも母にて絶えむ薺萌ゆ

淡々と祖父の忌が過ぐ蕗の薹

炎天の翳り一鴉《あ》の声過ぎて

下りくる山の蜻蛉や盆支度

しづかにて盂蘭盆の雨地に透る

山繭のあをき一顆の愁ひかな

台風を追ふ台風や芙蓉咲く

曇日の谺が倦みぬ威し銃

敬老の日高槻に鵙来そめけり

柘榴の実涙の粒に似しを食む

秩父路に寒さ伴れ来る祭待つ

薄月夜

昭和四十三年〜四十七年

畦みちの日にかくれなし初転び

堰き止めて水のほろびし犬ふぐり

鳥雲に縫針のまた折れる日よ

硝子戸の裡ひややかに桜咲く

採石山発破の後をまた霞む

奥日光　三句

秋すでに萱の根に立つ霜ばしら

鱒に撒く餌やからまつは黄葉撒く

湿原に岳の雲影枯れはやし

雪厚く被て浅間坐す雛まつり

屈託の膝先にして花の種

燕来て火の見の奥のふた部落

二階より守る鶺鴒の巣づくりを

栗胡桃植う母の夢消えずあれ

高山　二句

植ゑし田に映りて飛騨の蔵庇

行く春の厩にのこす馬の鞍

黒百合やいまもの言へば何失せむ

息災に茄子咲く母の野菜畑

鬼押出し

浅間より伸び来てうろこ雲粗し

秋の暮湯の町に坂落ち合へり

石田波郷先生逝く

冬麗の昨日は遠し波郷亡し

＊昭和四十四年十一月二十一日　五十六歳

結び目の解けぬかなしさ悴める

叔父逝きて寒の忌日のひとつ増ゆ

冬の風鈴幽冥界に鳴りしなり

霜の日に飛びて雀ら羽薄し

頭上にのみ星は混みをり春隣

深大寺、波郷先生納骨

*昭和四十五年二月二十八日、百ケ日法要

追慕の目あつめて春の雪降れる

師の墓に樹々春雪を支えあふ

母方の叔父逝く

喪の家の影を曳き来て夜の朧

葬列の乱るる疾風犬ふぐり

雲雀野の吾も一点となり歩む

沓脱に蟹くる雨のやむまじき

麦秋の蝶ほどにわが行方なし

提げて行く露のひぬまの花擬宝珠

郁《む》子《べ》の実を青しと仰ぐ盆見舞

盆燈籠昼の淡さに点されぬ

緑蔭を出でむと深き息ひとつ

柿の朱の極まれば来る波郷の忌

干柿を剝くかすかなる音を追ひ

冬夕焼眼離さば縫ふ衣暮れむ

穂芒の相搏ち靡き吾を容れず

凛々と父の忌の寒漲れり

金昌寺　四句

樋も渓も凍ててこゑなし札所寺

石佛に遠つ世の翳雪もよひ

石佛の座す盤石も凍てにけり

窟《いわや》佛裳裾に瑞の冬の羊歯

妹入院　四句

山裏に冬経てしろし朴落葉

付添の髪は立ち結ふ朝雲雀

遁れ来し屋上は春烈風裡

病室に夜気の足らざる百合ひらく

ほとときす夢にも怒る一語あり

山川に忽と日照雨や蚕のねむり

弾みつゝ夜の深さへ実梅落つ

暗緑に昼の灯を下げ夏蚕飼ふ

炎天の端にうぐひすの遠音澄む

神代植物園　二句

冬暖き人の背なれば従へり

楢楓落葉して地のゆたかさよ

妹　清瀬に転院

波郷忌も過ぎぬ清瀬の冬深み

憂あれば転びやすくて母の冬

春立つと雪被てまろき瀬々の石

小川町　五句

紅梅のしんじつ紅き紙漉村

楮踏む瀬に湧水のけぶり立つ

紙漉いて啓蟄の土間暗かりき

吊竹に身ごと吊られて紙を漉く

茎立つや紙干す家を庭づたひ

病室の紙の雛に紙の段

雛の日や病む手の使ふ紙幣あはれ

春日に嘆きて雀斑殖やしをり

義妹千鶴子、交通事故にて急逝

微傷だになき顔眠る花の下

花散るやうつつに柩出づる刻

春暁の子を起す亡きひとのこゑ

喪の底に月日失せをり初蛙

母の日が来ぬ紛れなき遺児ふたり

妹、松岡かづ江肺癌のため没す

病み耐へし翳もとゞめず五月の死

＊昭和四十七年春　三十八歳

芍薬に死顔よしとほめてやらむ

死の退院紫陽花に藍走りけり

雉子啼くや喪の身支度の朝鏡

葬り火を離れて森の緑冷ゆ

魂のごと白木槿二つ梅雨に咲く

樫落葉焚きて山姥めく日かな

初蟬を地のこゑとして喪に籠る

蟬の羽化目守る子の辺に薄月夜

百日紅喪の百日に視力落つ

少年の耳朶日に透きて芙蓉咲く

木犀の香と古る飼屋亡びけり

鵙の下石器はがねの音を持つ

飼はれゐて眼は従はず露の雉子

秋茄子や峡の夕映え地には来ず

落人の墓の輪塔木の実落つ

小田起しては冬萌を裏返す

冬の畦人の去り行く方へ伸ぶ

木犀

昭和四十八年〜五十三年

少年の浴後の素足豆を撒く

恋猫の恋の遠出の隣字

春雪の雨となりゆく夜の重さ

春疾風少年何に釘を打つ

疾風落つ西に彼岸の星寄せて

ほととぎす逸りて為さむこともなし

落し文冥府の妹はもう病まず

こころ荒れゐしや紫蘇叢匂ひそめ

樹上の蛇追ひて愚かに午前過ぐ

蒟蒻畑は侏儒の林星まつり

百八灯火のこゑ上げて山を巻く

なほ奥に峡の闇あり百八灯

廃屋の影大きさよ十三夜

落莫と拾ひておのが木葉髪

枯桑の撥ねて葬花の裏白し

水栓の点滴すでに凍てて止む

遅々として老後の計や地虫出づ

梅は抽き桜は撓む春の雪

取壊す棟に載る空春惜しむ

青梅を捥ぎしその夜の深ねむり

片々と蝶の渇きや梅雨の中

十薬の花野良猫の子が育つ

空つぽの頭に夜気ひびく青葉木菟

朝明けの蟬彼の世より鳴き起す

饒舌に身を処す盆も過ぎにけり

しづけさに虚しさに殖え蟻地獄

歯を欠きて口中暗き曼珠沙華

石田あき子さん逝く

君亡くて秋深むなり菩提樹下

＊昭和五十年十月二十一日没　五十九歳

八ツ手咲く聾桟敷に日の澄みて

素通りの冬日を山に採氷池

畦伝ひ瀬づたひ影の三十三才《みそさざい》

繭玉をさす梅の枝ひと抱へ

繭玉の数を尽くせし昔あり

相馬遷子先生を悼む　三句

虚空より風花涌くや喪の日暮

＊昭和五十一年一月十九日没　六十七歳

雪嶺に夕蒼き空残しけり

黄泉路にも日脚伸びゐむ後ろ影

豆撒くとくるぶし緊むる足袋を穿く

己が吐く雲に翳りて枯木山

亡夫、三十三回忌

梅散るやありあり遠き戦死報

待つことのまだ世にありて朴咲けり

虹の下母を遠くへ措きて見る

青葉木菟幼き日にも月の暈

青葉木菟山の夜はなほ厚衾

蒼白に五月の冷えや雷過ぎて

厚雲の上に日が炎え栗の花

紫陽花に夢のつづきの黄泉のいろ

唐黍の穂の鉾そろふ夏まつり

施餓鬼舟浅瀬は闇の淡くして

先暗き蚕飼に秋の雨つづく

喪の隣家雨月となりて隔たれり

屋根替の棟より落す秋の蛇

威《おどし》銃《づつ》しんがりの吾が撃たれけり

無患子《むくろじ》の実を寂光土より拾ふ

波郷忌の誘ふ木枯はじまれり

水のこゑ水にとどまる冬ざくら

犬吠えてばかり雪来る前の邑《むら》

祖母の忌の冬日を土蔵にも入るる

息浅くして大寒の底にあり

霜柱崩れてわづか土滲む

雪くるや暮色の雀地をあさり

幾年もしまひて雛の髪に癖

＊一月十九日

山川の鳴りて応ふる雛の日

如何な世に遇はむ古雛また納む

ひとり身の情淡くして独活きざむ

花ちるや働きし手のうらおもて

金子伊昔紅先生逝く

師の許へ馳せゆく先を渡り鳥

＊昭和五十二年九月三十日没　八十八歳

今生の雨木犀に沁みゐたり

木犀の香や取り外す喪の襖

師を茶毘の秋風つどふ低山に

烏瓜引いて昏きへ坂下る

老師亡き門を過ぎ来て十三夜

家ふかくゐて綿虫の行方追ふ

暖冬の咲いてしまひし椿落つ

誰か柴掻きて枯山匂ひくる

桑株の高さをいでず枯雀

きさらぎの風に薄日や石佛

鳥曇あらぬ高さに甲斐の富士

掃立や寡黙の雉子のけさ激し

受け応へして道の辺の代田掻

筒鳥にふところ深き雨後の峡

熊蜂を打つに咄嗟の鯨尺

九官鳥亡き名を呼んで盆が来る

青葛の風に燈を継ぎ魂祭

わくら葉の四五枚紅き魂送り

眼薬をさす新涼の山に向き

木犀に心ゆくまでひとりの日

伊昔紅先生、一周忌

鮎さびて雲寂びて師の忌日来る

踊太鼓涙するまで瀬にひびく

＊昭和五十三年九月三十日

呪詛のごと樹の根を巻けり曼珠沙華

朝百舌鳥の雀鳴きして霧ふかき

点滅灯時雨れて狐火のごとし

空稲架に赤きもの干す冬隣

雉子

昭和五十四年以降

枯野行く一羽鴉をたたせては

咳聞いて呉るる母あり風邪籠り

近づけば桜淡しや雑木山

山車曳いて田畑を覚ます春祭
水張りし田にさざ波や巣立鳥
茶摘女の摘み隠れたる札所坂
諸鳥の他なる梅雨の鴉鳴き
午後五時の日がまともなり田草取
家裏にしんと夕日や蟻地獄
あき子忌の手にしてたたす草の絮
*十月二十一日
柿捥ぎて空の深さに憩ひをり
鏡中に没日明りや枇杷の花

うぶすなに鴨の啄む年の豆
蕗の薹雲の茜は空にのみ
小綬鶏の知りて囃せり猟期果つ
上簇や束の間に枇杷色づきて
鬼百合に残る灯の色盆過ぎぬ
未明より伊昔紅忌の山の百舌鳥
福永耕二さんを悼む
君亡きを諾《うべな》ふ幾夜冬の月
*昭和五十五年十二月四日没　四十二歳
枯鶏頭種火のごとき朱をのこす
年々に母と越す冬峙《そばだ》てり

こともなく芝焼き終へし夕ごころ

矢車や野に置去りの耕耘機

積み捨ての蚕籠にこぼれえごの花

水原秋桜子先生逝去

はるかにて蟬こぞりをり師の訃報

＊昭和五十六年七月十七日没　八十八歳

梅雨明けの月ありて師の逝き給ふ

長寿眉涼やかに師の逝き給ふ

天に師の在《いま》す七夕祀りけり

朝よりの雨に届きし月の供華

さきがけて蒟蒻枯るる雁渡し

百舌鳥鳴いておん百日忌過ぎにけり

この秋の追はれはじめの障子貼

遠弟子の詠嘆きして逝く年か

視野の端に入りて紛れしみそさざい

母永眠

逝く母を逝かせてしまふ夕河鹿

＊昭和五十八年五月十七日没　八十八歳

死は瞬時にて夕ながき空ありぬ

百千鳥母亡き一夜明けてをり

行年八十八を支へや夕雉子《きぎし》

墓山を囲む夕山ほととぎす

庭履を遺して母や梅雨きざす

雨に剪る供華のつなぎの額の花

納屋の戸の端に夕陽や秋彼岸

虫喰柿落つ凶年の地を穢し

露霜の羽音やむかし明治節

朝明けの月の行き着く山紅葉

亡き母へ申し訳なる柿を干す

喪正月風邪の睡りのやすけさよ

南面の戸に啄木鳥や寝正月

雪催ひまことと狢《むじな》の鳴く夜にて

きさらぎの祭を隔つ櫟山

受験子の掻きて出で行く門の雪

爪の疵伸びて消えたる二月尽

無住寺に飼はるる春の白孔雀

母一周忌

母の忌を修す薫風誰か言ひ

若竹を透きて浄土の夕日ざし

剪りに出し榊に花や半夏生

梅雨冷えの薬缶の笛に呼ばれをり

青葉木菟師の忌を明日の七日月

桑の闇唐黍の闇宵祭

暗がりのこゑ確かむる宵まつり

さりげなく夢に母ゐて盆支度

草むらの鬼灯母の点すかも

雷雲の出て急かれけり魂迎へ

送り着くまで茄子の馬足折るな

葛寺の名を負ふ山の葛咲ける

葛寺や孔雀の檻も葛囲ひ

背に隙のありて吹かるる萩の風

身に入むや伊昔紅忌の踊唄

測量の一団を入れ露の山

祭幟濡らさぬほどに時雨けり

歳晩や何を知らせに夢の母

稀に来て鶸《ひわ》か鶲《ひたき》か風邪ごもり

初夢を追ひてしばらくうす瞼

鬼やらふ繊月すでに落ちにけり

亡き母に来し勧進や鳥曇

乳母車すもものの花の影へ押す

塵塚の目まとひ二三纏ひ来し

山墓の向く方おなじ祭笛

日の暮のすこし詰まりし祭笛

観音院

借りて突く杖金剛や蟬しぐれ

＊札所三十四番

鶏頭の二寸に紅し水子寺

悼　佐野まもる先生

露払ひして蝶揚羽まもる逝く

＊昭和五十九年七月十四日没　八十三歳

行く夏の干梅一壺残すなり

念々の茅萱を綯《な》ひて盆支度

盆みちや露の足あとわが付けて

神苑の露ひびく鈴一つ買ふ

わが思ふ方へ片寄り鰯雲

師を母を祀るおもひや後の月

菩提樹の実の鈴買ふやあき子の忌

山住みの裏戸は掃かず散紅葉

木枯や石に錆置く忘れ鎌

雨樋の木の実を浚ふ雪の前

初夢に見し前の世の鯉の群

仕来りは母とのよすが小正月

繭玉の一枝配るかまど神

繭玉の翳る風雲いでしかな

遷子忌の夕日が越ゆる雪の嶺

炭窯に火を入れし香の二日月

雪折れを焚きてあてなき湯の沸ける

これやこの薬餌の苦さ蕗の薹

瀬々濁るまで花の雨つのりけり

夢の中より鳴きいでて朝の雉子

あとがき

句集「峽の音」を出して後、滞りがちの歩みを続けて二十余年、日記の域を出ておりませんが、一応纏めて第二句集「峽の雲」を編みました。環境に順応して唯一の俳句をも空しくした日々をかえりみて、惜しい思いもしますが、乏しい体力で精一杯立ち動いた十数年には、それなりの意義を感じています。

自然にだけは恵まれた山峽も、数年前、山川に砂防工事が施行されて、沢蟹や螢を見かけなくなり、やがて開発のための道路が出来て、騒音を免かれぬことになります。遠見の利かぬ峽中では、何かにつけて空を仰ぎ、雲は親しい存在ですので、集名に撰びました。

落ち込んでいる私を励まして句集上梓に踏み切らせて下さった先輩と句友・出版に当り助言と題簽をお書き頂いた千代田葛彦様、ご面倒をおかけした木下子龍様に、心より御礼申し上げます。お蔭様にて、今は亡き恩師　水原秋櫻子先生をはじめ、石田波郷先生夫妻、身近に在した金子伊昔紅先生の霊前に供えさせていただきます。又、生前、心にかけていて呉れた母にも、安心して貰います。

昭和六十年八月　　馬場移公子

著者略歴
大正七年十二月十五日埼玉県秩父生。
昭和十五年馬場正一と結婚、一時東京に住む。
水原秋櫻子に師事。
馬醉木同人、俳人協会会員。

句集　峡の雲

昭和六十年九月十日 印刷
昭和六十年九月二十七日 発行
定価　二、五〇〇円

著　者　馬場移公子
発行者　佐々藤雄
発行所　東京美術
一〇一　東京都千代田区神田司町二―七
電話〇三―二九二―三二三一（代）
印刷／東京美術制作センター
製本／関川製本
制作／木下子龍

第四章　自選句及び晩年の百句（鬼谷抄出）

「俳句」昭和二十九年九月号（＊新作四句の他は「馬酔木」掲載句。）

麦秋

馬場移公子

麦秋の会釈のまにま蝶殖えて（新作）
栗咲くや不平を溜めて農の妻
足袋白く農の喪に寄り田植季（新作）
植ゑ残る田にて人手を揃へたる
白地着て夜の鞦韆に織子たち
翳多き家の一隅百合ひらく
少年の音おどろかす花火また（新作）
巣燕や母癒ゆる日へ約ためて（新作）

「俳句」昭和三十年四月号（＊新作七句、句集二句の他は「馬酔木」掲載句。）

枯野　　馬場移公子

妻連れの風呂敷紅く枯野行く
枯野にて悲歌奏でいづ宣伝車
枯野に向けこの薄日にも布団干す　（新作）
枯菊やいつより峡も爆音下
青竹に水湛へ去る寒の墓地　（新作）
藪青き方へ風花まんじなす　（新作）
雪来ると薪積みし手の匂ふなり
はこぶ火の映り寒夜の鏡立つ　（新作）
母の辺にラヂオが止みし雪の暮
見るものゝのごと寒苺雪に買ふ　（新作）
寝おくれし帯よりこぼれ年の豆
花売も枯野来て髪粗く立つ　（句集）

鼻緒結ふ見る〳〵暮るゝ枯桑に（新作）
畳さす業は音なし梅ひらく（新作）
木樵等に屋根見下され寒に住む（句集）

「俳句研究」昭和六十一年八月号（＊「梅雨」九句は総合誌のための新作である。）

梅雨

馬場移公子

朴咲くと山に潜みし風さわぐ

蕗採りしあとを埋めて蕗の雨

あらぬ方映して湖や桐の花

えごの花喉《のんど》さみしく仰ぎけり

蒟蒻の一つひらく葉梅雨に入る

六月の榊の水を涸したる

あそびにも似し梅漬けて籠るなり

木々の階上りてゆける梅雨の蝶

魂抜けて啼く鴉ゆゑ梅雨ふかむ

『俳句研究年鑑』自選五句（＊新作二句の他は「馬酔木」掲載句）

昭和六十二年度版

朴落葉一枚に岨ひびきけり
菊刈るを遅れて日向臭くせり
紅梅の折れ口雪に滲むかな
あそびにも似し梅漬けて籠るなり
瓜の花まだ見えてゐる宵祭（新作）

昭和六十三年度版

足もとに溜めて濃き日や初箒
山枯れてゐる静けさもいましばし
桑抜いて薪ともならず霾《よな》ぐもり
いつしんになりしさみしさ毛虫焼く
秋海棠真水にコップくもりけり

昭和六十四年度（平成元年）版

忘れたる頃を遠のく夜の河鹿

栗の花新月の暈いびつなる
裏ばかり見せて日々濃き梅雨桔梗
豪雨また豪雨の隙の蟬の穴
いつよりぞ暁蜩に覚めて老ゆ

平成二年度版

啄木鳥の小手調べなる嘴の音
瓔珞《ようらく》の山柿のさき地にとどく
見れば直ぐ山へ去る鳥日脚伸ぶ
疾く咲きて疾く散りぬるを山ざくら
雨の日の戸にはさまれし沢の蟹

平成三年度版

川靄も霧も地のものの後の月
虫絶えし夜のさだまらぬもののこゑ
寒戻る夜にして時計止まりたる
鬱の日も躁の日も山芽吹くなる
一日激しきほととぎす後鳴かず

平成四年度版

後ずさりしては風立つ紅葉掃く

枯山を擦って夕雲燃えはじむ

雨なしの野の押し黙る寒日和

灯のとどくあたりに蟇の現るる

母の日の雨存分に苗木山

平成五年度版

急がざることをもはらに木の葉髪　（新作）

三日月の朧なりしを訝しむ

雷雲を払ひし風の夜となれり

花一樹ありて風邪寝のやすからぬ

思ひ入れほどほどにして散るさくら

＊総合誌に掲載された移公子の俳句はこれが全てではない。ここでは初期の作品と、晩年の作品を抽出して紹介した。

移公子晩年の百句

抄出・中嶋鬼谷

稲架の棒抜きし穴より寒さ来る

昭和六十一年　六十八歳

木枯やまろびて殻のかたつむり

初午の花火のひびく氷点下

逆光に消え冬山の道路工

朝空に鳴りて疾風や牡丹の芽

廃れゆくその養蚕期来つつあり

仏間にも入りつばくろの迷ふあり

風鈴の一つ音浮いて朝の谿

晩夏なり荒草は木の硬さにて

空蟬を地にかへしたる台風過

半鐘の小火ですみたる鰯雲

同　六十二年　六十九歳

落葉して天界に入る槻《つき》の梢《すえ》

夕空の茜の暗き冬の川

薄墨の雪の積りし鬼やらひ
幼の手水に届きて雛流す
世を終る夢月明の花を見て
矢車の影からからと道の上
水汲みに杣の下り来し春旱
半眼の牡丹に朝の水注ぐ
牛小屋に牛ゐる暗さ桐の花
白壁を落つる日が染め竹の秋
流すまで形代雨に庇ふなる
迎火や雨を遣りたる水たまり
ある雨の日より棲みつくちちろ虫
干竿に凝る露素手に払ひけり
山繭に抜けしばかりの湿りあり
蒼天に紛れし月や年の暮
手を焙るほどの火を焚き掃納
うぶすなの年立つ煙火上りけり

同　六十三年　七十歳

朝鳥に雪後の水場凍りけり
山国の山へ植ゑ足す桜かな
青葉木菟棲み代りしや声わかし
青谿の一戸となりし蚕飼の灯
栗咲くや夜の湿り香戸口まで
蜘蛛の囲の一糸が切れて露こぼす
行きずりの会釈も山の小春かな
暮れて焚くものに混りし菊匂ふ
山中に鉄材の鳴る十二月
口に刃を銜へてゐたる障子貼
音もなく樫の実を地に敷きゐたり
日のあり処見えて降りつぐ寒の雨
寒暁の鐘の半ばを列車過ぐ
失へる片手袋を厄落し
つばらかに細枝の見えて山芽吹く
風邪の眼を土牛の牛がよぎるなり

平成一年　七十一歳

＊土牛《とぎゅう》＝奥村土牛

深息の間も山萌えて迫るなり
梅雨ふかき単線の草刈ってをり
萱原に没して径や夏あかね
鈴の音に湯の沸いてくる土用あい
月冷えて初こほろぎの鳴きやまぬ
夜の秋地の呟きの雨となる
腰曲げしまま日の落つる小豆引
隙間風きらりと通る掛鏡
着ぶくれて遠き隣へ廻し状
山彦も絶えて久しき山眠る
今昔のおもひに焦がす年の豆
雪となり雨となる夜の狢啼く
人里に下りて夜鳥や春隣
道にふと人声の湧くおぼろかな
遍路杖取りに返して夢覚めし
月明の桜となりて身じろがず

同　二年　七十二歳

寺山の花も見てゆく木の芽採
風荒らぶ花ある闇の彼方にて
山梨の花峠路は高ぐもり
水底に似たる日暮れや梅雨の蝶
立止りては薫風をやり過す
水源の山は霧ごめほととぎす
隙間なき木賊に金の夕日さす
花終へて日ざしやすらぐ萩の寺
悴《かじか》みて使へばありし糸切歯
日矢赫と射す三月の雑木山
涸池の底に流れ目梅吹雪く
花冷の風のいたぶる外かまど
迷ひ入る寝《ね》鳥《とり》を泊めし春驟雨
梅もぐや坂の下よりわらべ唄
燦爛と一樹を焦がす遠花火
傾ぎたる紫苑を起す蜘蛛の糸

同　三年　七十三歳

同　四年　七十四歳

ひたひたと闇に音ある冬に入る
黄落を抑へて谿の霧深き
探梅や拾ひし粗朶を突きもして
忍び音のをりをり飛びて三十三才
音ほどに風吹いてゐず花辛夷
身に着けし物のおもさや鳥雲に
みぞれ雪辛夷の花に凍りけり
リラ匂ふ息の切なき低気圧
湯の菖蒲影さす手足萎えにけり
笛の音のあはれ遠さよ盆の夜々
ちらちらと秋の夕日を枕もと
手に触れし絹の冷たさ冬に入る
生き継ぎて燃す反古多き年の暮
かりそめの杖の身に添ふ梅日和
日をかけて咲く片栗の蔭の花
遠河鹿浅きねむりの夜をつなぐ

同　五年　七十五歳

音立てて隣を隔つ梅雨の川
梅雨霧の晴るる日もなし峡の山
道の辺に鬼灯こぼす盆送り
紛れなく秋の来てゐし法師蟬
落ち次ぎて夜の木の実の何を打つ
軒先に風雨をさけて小菊咲く
階下にて地に近々と霜のこゑ

馬場移公子の秀句については、秋桜子の評、第一句集『峡の音』の波郷の「跋」に引用された四十六句がある。さらに、初期から晩年にいたる作品の五十句抄出を、本書第二部第二章「馬場移公子追悼文集」に示したように岡田貞峰が行っている。これらとの重複を避け、ここでは、句集以後の作品から百句を抄出した。二句集と諸家の選句、自選句と合わせ、この百句が馬場移公子の俳句世界展望のよすがとなれば幸いである。

第五章　随　筆

アンケートに答えて

馬場移公子

＊昭和二十七年一月号「馬酔木」に、「十の質問と二十七の回答」なる企画あり。移公子は、第五問「かりにあなたが二三年療養所にはいることになった時はどうしますか」に、次のように答えている。

先づ句作に専心します。

物の見方・考へ方が、いつまでもどうどうめぐりしてゐる現状ですので、そんな機に作句上の糧になる書物は何でも読んで、心境を深め日頃の俗念を払って清澄な句を作り度く思ひます。然し自分を顧みて、病苦の間に果して句が出来るかは難しいと考へるとき、非常な精神力と忍耐を必要とされることゝ、改めて療養作家の皆様に敬服します。

往復切符

馬場移公子

投書婦人の言葉が生まれるほどに投書は盛んで、それを読むのは仲々楽しい。書くのは苦手といふより、その能力が無い上に、少しばかり心臓が弱いので、他人の文章を読んで悦に入る程度の私も、ただ一度、上野駅長に宛てゝ投書めいた手紙を書いたことがあつた。終戦一周年を迎へ様としてゐる頃であつたから、もう十年も前の事である。

大叔母の通夜に上京した母が、葬儀も済んで、その夜は必ず帰宅する筈なのに、ついに帰つて来ず、一同の心配はたゞならなかつた。翌朝になつて歓声をあげて、母を迎へる事が出来たが、何処となく煤けて疲れてゐる様であつた。事情を聞くと、上野駅迄は叔父や従兄とも一緒であつたのに、改札で、駅員のとんでもない勘違ひから、切符を取上げられ、その当時のことゝて再び求める事も成らず、みすみす汽車を逃してしまつたさうである。往復切符、渋谷―上野行きを、上野行きと読み誤り、無効の切符で乗るとは不届至極といふ訳で、「お願ひですから、もう一度見直して下さい」と、再三頼んだにもかゝはらず、その駅員は二度と見ることをしなかつたと云ふ。仕方なく係の人を探して訴へると、大変親切に案内され、大宮行きの電車に乗せて貰つたが、汽車には追ひ着けず、次を待つて大宮から乗る汽車は、こぼれる程に満員で、罐焚場より前に乗り、汽車の煙を後にしたと云ふから、今から思ふと、漫画の様で可笑しいけれど、その頃はみな必死で珍しいことでもなかつた様に思ふ。間の悪い時は仕方のないもので、母が乗遅れたと知つて、宿泊用の米を支度して迎へに出てゐたと云ふ従兄にも逢へず、すでに秩父線の絶へた熊谷駅の一隅で、一夜を明かした母であつたが、「汽車の先端は風が強くて、顔を背け通しだつたけれど、あの夜のような涼しいお月様はまたと見られない」と笑話になつてゐる。

その年の一月、父が亡くなつて、何かと苦労の多い中であつたから、父が生きてゐたら母をこのやうな目に会はせなかつたらうにと、感傷も手伝つて、一気に手紙を書いたものらしい。然し今となつては、その改札係ばかりも憎めない。無効の切符を使用したり、キセルと称して途中を只乗る事を得意としたり、その様な人が多い為に職務に忠実で有りすぎただけかも知れない。

その後、闇屋仲間では、上野をノガミと呼ぶ話を聞いて、益々怖れをなし、爾来煩はしいのを我慢して、片道買ふことに決めてしまつた。この頃になつてから、万一間違はれる様な事があつたら、その刻は、母の分まで抗議しようと、漸やく覚悟も出来てまた往復切符を買ふ様になつたが、逆に出しても、斜めに出しても、一向に疑ふ気色もなくて張合のない程である。「さてはあの手紙も、少しは効果があつたのかな」と自惚れてみたりするけれど、実は、世の中がそれだけ移ってゐる証でもあらう。

（昭和三十一年七月号「馬酔木雑記」欄より）

一句の成るまで

馬場移公子

八月八日立秋、対象物が自然に働きかけてくれるのを待っていると、一ヵ月経っても一句も出来ない事もあるので、いつもの様に門の流れに七夕を流すと、その足で荒川へ句材を探しに出てみた。最早、時刻に遅れたのかあたりに人影もなく、時折上流から、一本の竹と化した七夕竹が大半を瀬に沈めながら、ゆったりと流れて来る。三本四本と見送るうち、後の木立に声がして、七夕を担いだ少年に、二三人従って崖を下りて来る。一気に投げた竹が順調に流れに乗り、その波紋の上に漂った色紙が流れると思いの外、巌に沿って静かに遡るのもある。渦が巻いているのかも知れない。やがて川上の対岸からも七夕を流すのが見え、目前に流れ着くのを待って引き返すことにする。手帳を忘れ癖のある私は「七夕流す散華の色紙遡り」と心に呟きながら――。帰る道の叢から、紫紺に濡れた一枚の色紙を拾い上げて見ると、「第一の望職につく事」と書かれてある。職を得る事ではなく、職に就く事というのが如何にも若者らしい。徒食にも似た境涯の私にも痛切にひびいて、暫らく手にしてから草の上に戻す。従ってこの朝の第一の感動は、七夕色紙の文字であったのに、力量不足で直ぐには一句にならず、わが発見の遡流れも説明の範囲を出そうもないし（後で下五を渦に乗りに直す）荒川の景を総合して、左の一句を改めて句帳に記す。

巌壁より投げて七夕竹流す

渓流に近く暮していれば、この程度の単純な句は、想像でも出来そうに思えるが、生来不器用な私は、年々の繰返しの中から、自分の眼で確かめ、捉え得たものだけが、安心出来るような気がする。其処は子供達の泳ぎ場で、岩は昔から適当な飛込台であった。立秋でおのずから俳句的気分の上に、折角の詩因を捨てて易きを選んだので、この句はそのままで一句の形を止どめたが、反対に惨憺たる苦心の末、日の目を見なかったりするのは、作為を見抜かれるためであったろうか。

（「馬酔木」昭和三十四年十一月号「一句の成るまで」の題で移公子を含む数名が執筆。）

峡住まい

馬場移公子

病人の心理には、いろいろの型があって、自己の過信型というのも多いそうである。自分だけは大丈夫と、信じている中に病が進行していて慌てたのは、一昨年の今頃、山々の紅葉も終る頃であったから、早いものであれから、もう二年になる。

静かに病を養うつもりで入所した療養所は、安静時間の他は意外に騒々しく、静かだと言われる女子病棟を、毎日窓に望み乍ら、其処へは、排菌が止まって、少なくも六ヶ月経過せぬと移れぬ由。折から見舞に来て下さった堀口さんの勧めに従って、安中の病院に転院し、句友の皆様に見舞われて俳句冥利に尽きる三ヶ月余を過させて戴いた。

一度、帰郷したのは花見客で乗物の混雑する頃、車窓から荒川の流れが見え、巌の上には白い雪柳の花が盛りで、空気の澄んでいるのが身に沁みて感じられた。留守中の家には甥が生まれていて、マスクを掛けて生後五十日足らずの赤子を抱き得たのに満足し、又、放浪の旅にでも出るように家を出なければならなかった。先の長い療養を思い、覚悟を新たにして県内の小原療養所に再入院したのは、それから間もなくで、以後、ひたすら謹慎し、退所する日まで一年余の間、一度も外泊願いを出さずにしまった。帰らぬ日が長ければ長い程、故郷は新鮮な姿で自分を迎えて呉れるかも知れぬと期待しながら。

未治患者退院せがむ弥生尽　　ひろし

と云う句があるけれど、春ともなれば、医師にせがんで無理にも退院したいのが人情だが、いざ健康人に混って生活してみると、療養所こそは病人天国であると思う。

「今年も盆踊の櫓が立って、太鼓は医長先生がたたき、初めは踊らずに見物しているつもりでしたが、秩父音頭が鳴り出すとみな浮き足だって自然に踊の輪の中に流れ込んでしまいました」等と言う便りを手にしたりすると、余計にその感を深くする。

月に一度、療養所の外来に通うのは私の行楽にも似て、晩秋の或る日、療友達と午後の散歩を約していた。女子病棟の個室で馴染んだ人達は、その後の経過も良く、大方は総室に転ベッドしていて、疲れるからと私の為にベッドを寄せ合って真中に臥床を設けてくれた。白い天上を見上げていると、自分もまだ入所しているような錯覚を起こす。

「ハイ、三人」、いつの間にか安静が明けて看護婦さんに検温器を差出されたのには恐縮する。一行七人、支度が出来ると稲架の立ち並んだ野を越えて山路に入る。附近には沼が多く、何処を歩いても、いつか来た道。黄葉した木々の間に山菊が白い花弁を覗かせ、茨の実が赤く色づいている。栗拾いの話、茸を沢山取った話、何か留守の間の出来事でも聞く様なのは、不思議な気がする。

久し振りに帰った私に山峡は青葉の底で乾からびた表情を示し、やけに耕耘機を鳴らしていたが、秋の豪雨に続いて何時からか、ひっそりと瀬音が還って来た。人々の労働期も過ぎた寂けさが病人も容れて呉れるらしい。小鳥達の声や、落ち葉の音を聞き乍ら、入所前の日々を惜しんだ。その季節が来て、漸やく私も峡の住人らしさを取戻しつつある。

(「馬酔木」昭和三十七年一月号)

春愁日記

馬場移公子

三月××日　小雨後晴。雨の中で鶯がしきりに鳴く。伊昔紅先生を訪ねし処、先生には胃の具合が悪く、病気らしき病気をされたのは今度が初めての由、来春までに句集を出す決心をされたと言う。大いに賛成す。到来の榎茸が珍らしいからとて、昼食を御馳走さる。千本より小さくて繊細な感じ。最近の低迷ぶりを嘆くと、選を受けることの大切な話、自信のないものが、大先輩や先輩達の当月集で萎縮しているという話、が、不勉強こそが最大の原因なりと云う結論。午後、かっと射す日に雨傘をひらいて乾かしながら帰る。

四月×日　晴。春休みで来客中の姪二人、朝から片栗の花を掘ってきて庭隅に植えている。熊谷在の自分達の家に持帰っても根は付かぬ由。金魚売来。雛の餅を搗いてくれる筈のKさんを迎えに行く。山峡の春酣《たけなわ》なり。

四月×日　雨雲暗し。前方の山裾の空地に落葉松を植えるよう提案せしが、世話人は松の方が実用的なりと家人を説いて松を植える。雛の節句で母親と里帰りせし甥が帰宅し急に雑用が増える。わが手品に、感歎の声をあげて喜ぶも、三才児以上には通用しそうもなし。子供の相手をして、テレビの紅孔雀を面白がったり、療養呆けに加えてわが知能も、幼児並に低下せしにあらずやと、真剣に考える時がある。

四月××日　晴。雨足りて天地ゆたかになりし思い。咲き初めた桃が殊に美し。朝のうちに洗髪。入院中の所在なさに白髪を見つけた時は、薬の副作用と思いしに、この一月、小学校の同級会に出席して、年齢の所為なること明白。与野市の婦人寮に勤務する友人、五月一日附にて転任の由、今月中に一度遊びに来ぬかとのこと。早く旅行も出来る様にならなければ、人生、日が暮れる。

四月××日　晴。長瀞の桜六、七分咲きを車窓より眺めて、半月も怠りし歯科通いを始む。いつも超満員の待合室が今日は閑散。医師が自動車事故で左腕を怪我され、添木を当てたままで処置のみしてくれる。沈着そのものの歯科医にして、交通事故に遭う世なり。読売の夕刊に、「俳句と世相」と題し、水原先生が執筆しておられた。

四月××日　晴後曇。麦が俄に青み、山中の若木より萌え出す。外出の翌日なれば安静を心掛く。「浜」の四月号を手にして目迫秩父氏の逝去されしを知る。いままで頑張られたのに、又、随筆「或る雨の夜」を読みし後だけに、一層悔まれる。

四月××日　曇。昨夜は濃いお茶を何杯も飲んだのに、どうして直ぐ眠ってしまったのであろう。編集部より申付かりし日記の清書。この間、「忘れ残りの記」を読むと、吉川英治でさえ、日記はつけた事がなかったと云う。意を強くせり。然し、克明に日記を書ける人もまた尊敬す。夕刻、裏庭の崖に猿が来ているという。先月末の春嵐の夜、宝登山を抜け出した猿で、その時は飼育係の青年二人で迎えに来たが、その後も時折、変ったのが現れる。脱柵するにしても遠征が過ぎる。

（「馬酔木」昭和三十八年六月号「日記抄」欄）

伊昔紅先生のこと

馬場移公子

金子先生の皆野町と、私の住む野上町はやや離れていて、先生の往診地区を外れるので、秩父音頭の創設者として夙に有名な金子先生を、長い間識る機会がなかった。

病後のつれづれに俳句を作って投句していた地方新聞社から、句会の通知を受けて、引込思案の私が出かけて行く気になったのは、前夜の夢にでも誘われたのかも知れぬ。句会の帰りに、伊昔紅先生が句誌「雁坂」を出しておられること、この次の日曜日には石塚友二という先生を迎えるので、出席するよう勧められ、初めて壺春堂医院を訪ねたのは、昭和二十一年の五月、平和の象徴のように桐の花が咲いていたのを思い出す。踊りの好きな医師というので、幾分滑稽味を帯びた人物を想像していたから、丁寧な挨拶をされる謹厳な先生を少し意外に感じた。そしてこの日から俳句に深入りすることになったが、会員には、新聞の選者だった城一佛子先生こと渡辺浮美竹氏や、村田柿公、潮夜荒、黒沢宗三郎、岡紅梓氏など、馬酔木の青春時代を伊昔紅先生と共に過ごした人達と、もと鶴の同人だった江原草顆、浅賀爽吉氏らが居並んでいた。その秋には秋桜子先生の一行を皆野にお迎えして、雁坂俳句会は益々盛んになった。

去る五月二十四日に、伊昔紅先生の句碑除幕式が盛大に行われたが、前掲の先輩達が、七人の侍と自称し、建設委員となって活躍した。先生の頭髪はさすがに白くなられたが、なお矍鑠《かくしゃく》として居られ、例のごとく、秩父人の招きに応じて参会された石塚友二先生を初め集まる顔は、十八年前と余り変わらず、真面目に老けたのは私くらいのものであろう。

今年は伊昔紅先生の最良の年、花にも当たり年があるのか桐が良く咲いた。句集『秩父ばやし』には、俳句生活四十年間の作品が収められている。戦前のことは跋文に詳しいが、初期の作には当時の馬酔木の風潮を偲ばせるような、繊細で色彩も豊かな若々しい句が並んでいる。

爪溝に干柿の粉の残りけり
谿の朴秀でて見ゆれ日向ぼこ
蝌蚪の水一すじ《ママ》藍の流れ来し
蚕卵紙青みぬ春のはたたがみ
掃立や微塵のいのちいとほしみ
この峡の水上にゐる春の雷

これらの句から直ちに作者の風貌は浮んでこないけれど、美しい句が謳歌されたよき時代の作者達を、ときに羨ましく思う。

私が馬酔木へ投句する句を持参して、先生の批評を仰ぐようになったのは、入門してかなり経ってからであるが、生来内気な私はこの頃、句会以外に自分の句を書き並べて他の人に見せたことはなかった。句稿に目を通される間、出されたお茶にも手を触れず、裁きを受ける者のように正坐して待つが、大抵は「低調だなあ」と唯一言、いくらかましな句が出来た時は、「今度のは、あんたの句のようではないね、いいじゃないか」という。低調が私の持前と思っておられたが、句会の席など多勢の前では、その低調な句を何かと理由を付けて褒めてくれたり、先輩から攻撃されると、いつも弁護して下さった。

瀬に河鹿田に蛙鳴き峽せはし

青淵に日の当たるとき枯木鳴る

修羅鳴れば笏《しゃく》持ちこらふ内裏雛

枇杷甘き口にあてたる祭笛

すさりゆく冬日を追ふて峽を出づ

往診をかさねてけふの柿甘し

等の句は思い出と共になつかしいが、選者とは多分異質のものを持っておられ、それが新米の弟子どもと一緒に投句する不利な立場に居られたと思うが、厳しい選を受けた入選句は、格調正しく適当に抒情的で、いつまでも新鮮である。

兜太氏がトラック島から帰還されて批評陣に加わると、平穏だった「雁坂」にも旋風が起り、伊昔紅先生も二、三歩よろめいて、破調の句も試みられたりしたが、とても手に負えぬと悟られて、直ぐ本道へ引返された。

馬酔木同人になられてからは、戦後の弟子達と月々の句会を開いたり、奥秩父へはよく吟行された。日頃は、古武士のような威厳の具わる伊昔紅先生も、酔って童心にかえられると、お得意のでんぐり返りを演じて見せたり、駄洒落を飛ばしたりする。私は辟易して隣室へ逃げて行き、夜空を仰いで酒宴の長びくのを嘆息したものだが、いざ句会となると、一ばん成績を上げるのも先生であった。

私は俳句のほかは秩父音頭も、武道も、伊昔紅先生から習わないが自刃の方法だけは教えて頂いた事がある。ある時、話が自殺論に外れ、最も確実に楽に死ねるのは何が良いでしょうと愚問すると、先生は即座に「頸動脈を切るのが一ばんだ」と、首の根を摑んで切り方を伝授し、「兜太が出征する時もこれを教えてやった。うんと力を入れて切らなければ駄目だぜ」と、もう何度も経験ずみのようにすまして言われた。その時は私も神妙にお聞きしていたが、後になってこの珍問答を思い出すと、ひとりで可笑しくなる。人生は舞台ではないから、たやすく実演するわけにはいかないけれど、句集の中には農村映画の一場面を想わせるような、先生の演出ぶりを示す句も、随所に見られる。

柿食ひて不興の顔の出でゆける
犬ふぐり何処へ駈けても医師不在
卒業のはや耕牛の鼻取れる
予防注射苗取りの足抜きて来る
中風の手すさび芋の鬚むしり
平手造酒の墓のべに来る川千鳥

伊昔紅先生は後記の中で、「炉を中心とした農家の生活が好きで炉辺情話の仲間に入って冗談を飛ばし合う。炉辺を離れて私の俳句はない。煤ぼけた農家の炉辺には、今なお人情のかけらが残っている。小石まじりの土壌の中には昔ながらの真実がかくされている」と記しておられるが、私も十年前には現在ほど著者の俳句を理解し得たわけではない。先生の往診俳句は見慣れていたし、農村に育った私に農家の炉辺や、養蚕を詠った句は、殊更目新しく映らなかったが、四十を過ぎてようやく人情の何たるかが分りかけて来た。
七、八年前にはもう「雁坂」は休刊し、健康上好きな酒を断たれて、先生も老いを意識されての上かどうか、作句に真剣さが感じられ、作品にも一段と精彩を加えられたように思う。

綿虫をかばんにつけて老医なり
干柿に粉ののり来る枯山河
きさらぎの雲がつまづく尾根の墓
八十八夜の井戸桁歩む黄鶺鴒
馬の太息どこか涼しき家の中
老いの眼に威なきか蟆子《ぶよ》の入り易く
白露や古き患家は頼るべし
落鮎や川風縁の下抜けて
斧納耳の立ちたる秩父犬

好きな句を勝手に抜いたが、素材本意でない自己をも見詰めた往診俳句、きびしく捉えた山村風物に気魄が籠り、伊昔紅の風格がよく表れている。

栗送り柿おくる妻祖母として

将来、庭に句碑を建てるような事があったら、この句を刻んで奥様の労に報いたいと、洩らされたことがある。しかし、句碑は宝登山神社の境内に建つ事になり、妻の句に代わるものとして、「たらちねの母がこらふる児の種痘」を選ばれたのではなかったかと思う。

五、六年前、私が拙い句集を出した時、自分の句集ばかり出してよい気になってはいけないと先輩に睨まれたが、波郷先生は「露払いなら良いだろう」と云われ、成程と感心して秩父へ帰り、露払で先輩達を煙に巻いたが、この度、造本、内容、装幀とも、優れた待望の句集『秩父ばやし』を手にして、大きな安心と深い喜びに包まれている。

昨年の夏には、御次男の千侍氏が帰郷されて外科病院を開かれたし、後顧の憂もないこれからは、もう一度若返られて、第三の新人を、馬酔木誌上に送って戴きたいと思う。

（「馬酔木」昭和三十九年八月号　伊昔紅句集『秩父ばやし』特集）

＊右の文中、「栗送り」の句に伊昔紅の家人への深い思いが詠われている。石塚友二は、「家族の詠みこまれた句は絶無に等しい」と書いているが、古武士のような伊昔紅だけに、心に深く留めながらも、身内の事は俳句に詠まなかったのであろう。

また、移公子が伊昔紅の俳句について、「選者とは多分異質のものを持っておられ、それが新米の弟子どもと一緒に投句する不利な立場に居られたと思うが……」の一節は伊昔紅俳句への深い理解を示すものである。

師友

馬場移公子

馬酔木のまだ復刊されぬ昭和二十一年の五月、金子伊昔紅先生の句会に誘われ、会場に当てられた道場の書架に美しい表紙の、憧れの馬酔木を発見して、早速拝借して帰った。秩父には昭和十年前後の誌上で活躍した人達が多く、追いつく為には先輩の学んだ馬酔木を読まなければと、町の図書室から、又未見の分は伊昔紅先生にお願いして土蔵の奥から出して頂いてお借りした。戦争中の雑誌は村田桑花さんからも借りて一通り目を通し、時にはノートに写した。終戦後父が亡くなり、弟はソ連の捕虜収容所から仲々還れず、女手ばかり母を中心に頑張っていた頃で、私なりによく働き、どうしてその様に時間があったのか、今から考えると不思議な気もする。同じ傾向の句のみ読むことが勉強と言えるかどうか分からぬけれど、熱心さに於いて、人後に落ちぬつもりでいた処へ、吟行に見えていた大島民郎さんの一行に会って、馬酔木俳句を鼓舞され、上には上のあるものと驚いた。

お陰で、篠田悌二郎先生指導の新人会に入れて頂き、時々句会に上京して勉強させて頂けたのは大変な幸運であった。その席上でだったか、女流草分けの及川貞さんにお目にかかれたし、能村登四郎、林翔両氏は常に良き先導者であった。藤田湘子さんの案内で北砂町に病後の静養をしておられた石田波郷先生を初めてお訪ねし、一緒に当日の東京例会に出席されたのもなつかしい思い出である。

姓号がごついので、久しい間、男性と思われていたらしい私が、女性だったので、少しは女らしく見えたかも知れぬが、その後、切角の想像に反し山猿のように無精な私が現れて、又人違いをされたりする。然し、馬酔木に入会して二十数年、水原先生の御指導の下に、先輩、句友と変わらぬおつき合いを願い、休み休みながらも句を作り続けて来られたのは、姓号の所為もあるのではと、ふと思う。馬場姓で午年生まれの私、馬酔木以外に依る処は無い。

（「馬酔木」昭和四十六年十月号「馬酔木と私」欄）

特別作品誌上合評

＊「馬酔木」誌のこの企画は、馬場移公子・岡田貞峰・岩崎富美子の三人の評者が、千代田葛彦、市村究一郎、福永耕二の各十五句についての評をそれぞれに寄せ、編集部が「合評」の形でまとめたものである。従って座談会ではない。ここでは移公子の評のみを紹介する。

金雀枝　　千代田葛彦

独り身の春にじいろの魚飼ひて
雲行きの春白波となりにけり
指を透く血の色さくら蘂《しべ》降れり
死は地《つち》と平ら呼びよぶ春の鴨
骨となりて家に戻りぬ初蛙

河わつぱに尾のありやなし春の星
睡りいま牡丹ざくらの紅ぼかし
金棺に落花を蝶と舞はしめき
牡丹苑初かうもりの空のこる
小綬鶏の谺ごもりや暁の雨
月齢もわかずえにしだ咲きにけり
どんみりと八十八夜満つる川
えにしだに雨銀屏の翳るより
金雀枝のなだるる緑雨つづきけり
墓原に初夏の斥候黒揚羽

馬場　詩論と共に志向が高く寡作だった千代田さんが、月々充実した作品を出されて、啓発されることが多い。第一句は若き日の回想か又幻想か、美しい句であるが実態が摑めない。日頃、純度の高い葛彦俳句を見馴れた眼にはこの句に続く四句にも戸惑いを感じた。「春の鴨」は殊に難解で、手に負えないと思ったが、次に続く「初蛙」から推して病者の感慨を、それも死病を得て仰臥の作と仮定して、句意だけは判明した。景を逆さまにすれば「雲行き」「指を透く」句に対する感度も異なってくる。「河わつぱ」「金棺」の句からは、先頃、画集で見た川端龍子の名作を直ぐ想い起した。配した季語の巧さは凡手では真似られないが、何故龍子の絵が登場するのか、此処まで来て漸やく俳諧の連句に想を得て、前の死を受けて、棺を置いた事に気が付いた。賜る俳句論を持つ千代田さんが、創作俳句を試みる意図を量りかねるが、一座の人には通用しても、虚構の句に前書なしでは、広く一般に解せるには無理である。

小綬鶏の谺ごもりや暁の雨

暁の静寂を震わす小綬鶏の声が直かにひびいて、仕掛の無いこの句に安らぎを覚える。

どんみりと八十八夜満つる川

曇天を指す「どんみり」は、どんよりの方が頭に入り易い。八十八夜の持つ語感が「満つる」に対して季語以上の働きかけをし、単一でない句にしているのは流石である。「月齢もわかずえにしだ咲きにけり」「金雀枝のなだるる緑雨つづきけり」前句はえにしだの咲く頃の夜の暗さを、後句は眼前の「なだるる緑雨」に、動かぬ本質を捉えた佳句。

墓原に初夏の斥候黒揚羽

不意に現れる黒揚羽に虚を衝かれた感じを、才気ある比喩で季節感を出し、暗さがない。墓原の作に及んで、前に安心して鑑賞した小綬鶏の句さえも、「忌籠」の意味合いを持つのかと疑えば、超意欲作、青春より墓原までの読後感は混乱する。

養花天

市村究一郎

雲に入る鶫追ひつつ目が老いぬ
雲が地と分たぬまでや畦を塗る
雨雲に光りて花となりにけり
霧しづくしつつ宵寝の山桜
今日おそき木々の目覚めや養花天
母子草道は畦よりぬかるみて
峡の田を肥やしやまざり花一樹
田の隅は落花だまりや雨幾日
鷺かもめ浅瀬を占めてゆく春ぞ
花うぐひ鮮かにしてなまぐさし
蕗の薹長けし夕べをふりかへる
虹二つ筍流し田をわたり
魂のゆらぎどほしの花篝

花びらの舞やすらふや波の上
家々の裏をゆたかに咲く李

馬場　田園作家で知られる市村さんは句集「東皐」を出された後も、確実な歩みと共に領域を拡げつつある。吟行をされたと聞いたけれど、桜を見るのが目的の旅であったろうか。集中に花の句が多い。

霧しづくしつつ宵寝の山桜

霧の中にひっそりとしずもる山桜に「宵寝」の一語はまさに発見で「霧しづく」が月並を遠ざけて幽玄の美を漂わせているのに感嘆した。「雲が地と」「雨雲に」前句は、やわらかな描写の中に畦のひかりが見えるが、もう一歩はっきりしたものが欲しい。後句は雨雲に触れた花の冷たさを感覚的に捉えて好ましいが、下五の詠嘆は如何であろうか。「今日おそき」の句、養花天の語に先んじられた感がなくもない。

峡の田を肥やしやまざり花一樹
田の隅は落花だまりや雨幾日

一樹の花から「肥やしやまざり」と飛躍するところに、かつての耕しの体験を持つ作者独自の観照がある。田植え前の耕しに年々鋤き込まれる落花を惜しむ思いが、落花を措かずに表現されているのは流石である。続く句にも悠々と落花に佇む市村さんの人柄がうかがえる。「虹二つ」の句、二つの必然性に拘泥しつつ季語の珍しさからも、民話風な味わいがあって、この余裕はほほえましい。「魂の」、「花びらの」、美を追求することに共鳴するが、華麗な馬酔木俳句の歴史があるだけに表面化された美を詠むのはむずかしい。次の句には、人の気付かぬ美しさもあり情趣があって、長く心に止めて来たことを終に詠まれてしまったと言う想いがする。

蕗の薹長けし夕べをふりかへる

今度の作品の佳さは、旅での取材も胸中の田園を通して、じっくり詠出した強みにあると思う。

樅の夕影　　福永耕二

燕来て農鳥の斑も翔くるさま
期せざりし方に春逝く青浅間
朝風呂の沸くよと雉子の二三声
椋鳥の巣箱作りを見下ろせる
焦げくさき男の子ばかりや花しどみ
歩きつつ睡たさ募る花しどみ

錦木の青芽離々たり四十雀
落葉松の丈等しくて囀れり
古草を焚きし煙に午後くもる
野外劇了ふ若芝を踏み荒らし
傍観の声たかだかと蟇の恋
山独活の香を胸先に届けらる
春逝くや辛夷は散りて土の色
朴の芽の二寸三寸暮れおそき
雉子夫妻樅の夕影つたひかな

馬場　福永さんは職場では毎日、二大先輩と顔を合せ、夫人は馬酔木集の上位作家である。環境が良いと言うより、俳句の国に住んでいるようなものである。山中の住人の批評は当方が試されることを覚悟する。

燕来て農鳥の斑も翔くるさま

農村が活動期に入る頃、農鳥岳の残雪が鳥の形を現すと言う。「燕来て」の季語がよく効いて、空と地を結び、斑雪嶺の鳥影を鮮明にして見せた躍動感のある巧みな句である。「期せざりし」

の句、青浅間の「青」に抵抗を感ずるが、無常感のようなものの漂う、この句にひかれる。

朝風呂の沸くよと雉子の二三声

感動が口を衝いて一句を形成し、言葉を挟む余地がない。「椋鳥」の句と共に、自然の中で童心に返った心の弾みを、そのまま表出して作者としては珍しく素朴な作である。「歩きつつ」の句、この睡さは本もの、瞼を通して、しどみの朱が見える。今度の作品は、軽井沢での作と聞く。「錦木の」「落葉松」「古草を」「野外劇」等は、水準には達しても、郷に入りて高原派の後塵を免れず、もはや新鮮味を汲み取れない。

傍観の声たかだかと蟇の恋

蟇の恋を見つけて、旅に解放された人間達が、そのグロテスク振りを噺す《ママ》（＊囃す？）。朗々として高原の澄んだ日ざしが感じられる。「雉子夫妻」の句、動物に夫妻は滑稽である。詩人のユーモアも雉子では相手が悪いと絡んでみるが、旅の楽しさを伝えていることは確かである。この一篇は、福永さんの労作ではないかも知れぬが、繁忙の中で、一挙に十五句作って見せる熱意に敬意を表したい。

（「馬醉木」昭和五十一年八月号）

金子伊昔紅先生を悼む

馬場移公子

九月三十日未明、伊昔紅先生が遂に不帰の客になられた。明治二十二年一月一日生れで今年は八十八歳になられ、医業から解放されて後も丹前や寝間着姿に寛がれることがなく、恙の折にも床に着くのを拒まれて、いつも背広にきちんとネクタイをされて硝子戸の奥から庭を眺め、テレビを観、書見をされていた。時には炬燵板の畳まれたタオルを額に当て午睡をされていることもあった。壺春堂の前庭から硝子戸を覗いて、先生のお姿を再び見ることの出来ないのは、ぽっかりと穴のあいた淋しさである。

十八日の午前十時半頃、脳血栓で倒れ、そのまま逝ってしまうのではないかと報せを受けて駈け着けた人々は、夜の更けるまで部屋部屋に詰めていたが、その後持直され、昏睡状態のまま昼夜の別なく手厚い看護を受けて十日余、多くの人に見舞われて心残りの無い大往生であった。弔問の人々はみな先生のお倖せな一生と立派な死顔を讃えられたが、安らかにして気品の漂う仙人の様な死顔を目の前にして、経文は迷い多き生者の為にあることを改めて知る思いであった。

伊昔紅先生は独協中学へ入学前、地方の寺に入って漢文を学ばれた時期があり、同級生の秋桜子先生より三年ほど年長であった。新聞社へ入るのを目的とし、早稲田大学の合格通知が来てから家人が慌て、親族会議を開いて、その頃、二次募集をしていた京都府立医専に入学させられた。二年生の時、日頃信頼する英語の教師が罷免される噂を聞いて義憤に燃え、ストライキを起こして一ヶ年の停学処分を受ける。この時、学校も止めようと思ったが故郷の父母が畑を売ってまで自分を医師にすることを望んでいるのを知って思い留まった由。合併した蚕種会社の製造所として、僅かに余命を保って来た（＊私の）生家も四十七年より廃止となり、同じ時に弟の家内が急逝して、老母と子供の世話をしながら、不要になった蚕室の取壊しなど、後片付けに疲れ果てている私を励まして下さるおつもりか、今迄口にされなかった昔語りをされたことである。同校を卒業し、附属病院医員を経て京都府下岩倉病院に勤め、郷里から夫人を迎えて新婚生活も京都ではじめられた。大正九年の春から五ヶ年、上海東亜同文書院の校医を勤めた後、帰郷して開業され、自宅裏に「懐士館」を建て、柔剣道の普及に尽くされた。間もなく俳誌「若鮎」を発行して門人達と共に馬酔木誌上で作品を競われた。戦後は逸早く「雁坂」と改題した俳誌を復刊したが「衰微した人心に安らぎの灯を点すよう努めたが、国力が恢復し文化が翕振《きゅうしん》するのを待って、十数年の寿命を閉じた」秩父ばやし後記。

『秩父ばやし』は大正末期より昭和三十八年まで四十年間の作品が収められ、山村の医師の生活や秩父の郷土色が鮮やかに浮彫りされ、伊昔紅先生の定評ある仁術と風格を先輩は屢々古武士の如くと形容されている。実際四十六年秋の叙勲に次いで、日本武徳会より剣道範士剣道八段、及び柔道五段を允許《いんきょ》された。又漢学塾「両忘会」をおこし論語などを講義された。

四十九年五月、第二句集『秩父音頭』を出されたが、今度は雑誌から書き写すことも取り捨ても、すべてご自身でなされ後記を四十八年秋に書かれている。非売品であった為か誌上にも紹介されず、私も欠詠中で編集部へ申し出る事を怠ってしまったが、伊昔紅先生は自分の詠みたいものを、そのまま表出し得たと大変満足しておられた。前句集と同様に秩父的生活感覚の句に加えて、旅行吟が多く収められた。金子病院を子息に委ねられ、それ迄も踊の一行と西に東に殆ど全国を旅行されて、すでに下見のしてある各地への悠々たるひとり旅。又奥様を伴われて京都、倉敷、富山、木曾などへの長旅もされて、思い立たれた旅はみな果された。

秋の湖渚を掘れば指熱し　　屈斜里湖

裾野鴉飛び去り大き雪の阿蘇

春愁やいつまで青き大手毬

寂光院へ岐るる路を雉子歩む

中学の同級生の喜寿の秋

たらたらと睡くなりたる牡丹の芽

栃餅や石間《いさま》押出す困民党　　秩父困民党

この年、桜の若木が植えられた蓑山《みのやま》の山頂に、「一目千本万本咲いて　霞むみの山花の山」の歌碑が建ち、句集『秩父音頭』を、お祝の引物にされている。「花の長瀞あの岩畳　誰を待つやら朧月」の歌碑も近く長瀞に建てられる由。「鳥も渡るかあの山越えて　雲のさわたつ奥秩父」は、本誌の投句者、小林牛庫老の若き日の応募作と聞いている。

秩父馬酔木句会は先生のお宅で毎月開かれ昨年の十二月まで続いた。耳が遠く、足腰は脆くなられたが選句眼は確かで、私がさぼることはあっても、伊昔紅先生は規定の五句の出句を欠かされず、俳句の新しさと言うことを、常に念頭に置かれていた。

十一月、十二月句会より

眉毛痒し石蕗の花茎が長過ぎる

石蕗の花黄色は人になじむいろ

冬の蝿温くければわが鼻の尖

胸透く思ひ蜜柑の黄が濃くて

「俺が死んでもこの馬酔木句会は残せよ」。お互いに長所を学び合って続けて行きたいと思う。
十月六日の町民葬は好晴に恵まれて、円明寺の広い庭は会葬者に埋められ、山峡の町には珍しい盛大な葬儀であった。「父は今頃は秩父音頭をまだ知らない人に教えてやるぞと、人を集めはじめたことでしょう」と喪主の千侍氏（寒雷同人）。「いや親父はまだ三途の川の渡舟の中で、この秋晴に秩父音頭を唄い出したところ」と兜太氏（海程主宰）。いずれにしても踊の浴衣に踊の半纏をかけて、死出の旅に立たれた先生があの世で、秩父音頭を拡めぬ筈はない。一昨年の秋から先輩や句友の訃報が続き過ぎたが、伊昔紅先生が行かれたことで、黄泉の国が急に明るく華やいだものに感じられて来た。東京方面からの弔問客を送り、少し遅れて帰る車中からふと顔を上げると、燃えるような秋の没日がいま山なみに隠れきるところであった。

（「馬酔木」昭和五十二年十二月号）

三十周年記念号

馬場移公子

馬酔木に投句して、初めて三句入選した頃の感激を今も忘れないが、思い出深い一冊をあげるとなれば、昭和二十六年四月号の三十周年記念号で、奥村土牛の牡丹の表紙絵、曾宮一念、杉本憲吉の口絵、かな女、風生、草城、誓子、多佳子、楸邨、斌雄の諸先生の作品をはじめ新村出、平畑静塔、山本健吉氏の評論、斎藤茂吉の短歌、富本憲吉の絵と詩、等々雑誌を開いた途端に眼を瞠るばかりの顔ぶれである。新人会の新年句会で、「寒苺われにいくばくの齢のこる」と詠まれた秋桜子先生の近影は驚くほど若く「馬酔木の三十年」と題して、思い出を書かれた文章に、いま又目頭を熱くする。その頃先生は八王子の加住の丘の麓に住まいされて句集『霜林』を上梓された。四月の或る日、女流が相集い喜雨亭の後ろの丘に吟行して、奥様の手料理をご馳走して頂いたりした楽しい思い出がある。句暦も人生体験も遙かに先輩の殿村さんと肩を並べられたのは、当時女流がすくなかった所為で、後に及川さんの指導する婦人句会が生まれたのは、この集りが発端であったように記憶している。五月の祝賀会には来賓として久保田万太郎氏も見え、接待係の石川桂郎さんが何かと心を配っておられた。
特別作品の募集もこの記念号からで「一癩者」杉本岳陽、「牛の眼」藤田湘子、「その後知らず」能村登四郎の三氏が入選し、評論では林翔氏の「俳句における抒情」が入選した。私の貧しい句が佳作一席に推されたのは僥倖と言わねばならないが、豪華な記念号を編輯した石田波郷の点が這入らない事は少なからず心に懸った。その後、北砂町の編集所を訪ねた折、句が出来ないと話し出したが微笑して答えず、次の間の書架から部厚い本を二冊取出して私の前に置かれた。それは芭蕉七部集で、早速拝借して帰ったが、古典もろくに読んでいない私には、露伴の名評釈も成程と思う程度で、解ったとは言えなかったけれど次々にお借りして眼だけは通した。まだ戦後で、波郷先生の手許にも一巻は欠けていた。翌二十七年の特別作品で点は少しは上ったが、岳陽、登四郎、両氏の他に山田文男さんが入選し、何時も大物と一緒では入選の見込みなしと諦めたのか、力尽きては、二度で止めてしまったのは、今になって残念に思う。

(「馬酔木」昭和五十三年四月号「馬酔木六五〇冊の中から」)

山毛欅峠

馬場移公子

万緑を顧みるべし山毛欅峠　　波郷

『風切』所収の句に関心を持ったのは、後年の「泉への道後れゆく安けさよ」等と共に、たまたま作者の揮毫された短冊を目にする折があって、誦んずるうちに「打坐即刻」のお手本のように思われてきた。「山毛欅峠」から、北国や寒冷の高地を想像していたが、峠は、山毛欅の自生する南限と聞く飯能市内の吾野《あがの》にあって、戦時中、文学報国会のハイキングの折、峠の展望に魅せられて即刻に為した作といわれる。

樹齢を経た山毛欅の逞しい大木を見て感動し、緑溢るる山野とともに遙かな来し方を眺めて、「顧みるべし」には、人生にも通ずる厳粛な思いがある。

その山毛欅峠に生前、句碑の建つことを承諾されて、木片に記した句が、すでに立ててあると伺ったことがある。五十年五月、吉良蘇月氏の手により、約束の句碑が建立され、縁の人々が峠に登って、除幕式が賑やかに行われたと聞いている。

（「俳句研究」昭和六十二年七月号「石田波郷特集」、「石田波郷の一句」）

第二部　馬場移公子論

第一章　諸家による移公子評

馬場移公子句集『峡の音』

桂　信子

私が馬場移公子さんの句をつよく意識したのは、数年前、「俳句」に十五句出された時の句が、すばらしく、思はず目をみはつた時からである。「移公子」といふお名前が何となくよみにくく、「いくこ」とわかつてゐてもぢきに「いこうし」と男の様な感じをいだいてしまふ私だつたが、その時から、この様なすぐれた句を、句集としてまとめて読みたい、といふ感じを深くした。そして今度上梓された「峡の音」を通読して、その時の私の期待が裏切られなかつたのをよろこんだ。

馬場さんは秩父の峡に住まはれて、めつたと都会に出られないときく、それだけに句が少しも汚れてゐないし、都会ずれしてゐない。といつて、たつたひとりで句作してゐるひとにありがちなひとりよがりなところもみられない。どこにも意識的なところがなく清純なかんじでその感性は非常に鋭い。

まだ御目にかかつたことはないが、句をみると、その人柄がしのばれる様である。

この句集には師の水原秋桜子氏が懇切な序文をかいて居られるし、石田波郷氏がこれ又長文の跋文をかいて居られるから、今更私がつけ加へる事もないが、この頃のギラギラしたあくの強い句をよんでゐると、きまつて、馬場さんの句が恋しくなり、「峽の音」をあけてよむことが何度かあつた。恰度感情のこまやかな肌の美しい女の人になぐさめられる様なかんじで、心の隅にのこつてゐるトゲトゲしさも、この句集をよむと妙に洗ひ流された様にさつぱりするのだ。

「移公子さんは俳句をはじめてから十年、短い旅行のほかは一度も秩父の峽を出たことはない。秩父の峽にも我々の知らぬ景勝や生活は多いであらうから、素材の欠乏に苦しむことはそれほどではないとしても、自然や生活に同じ調子の繰り返されることは困るであらうと思はれる。それにうち克つためには何よりもまづ自分を高めて行かなければならない」と秋桜子氏は序文にかいて居られるが、たしかにこのしつとりとした味はひは、馬場さんの心の深さによるのであらう。

炭を挽く母と思へど立ちゆかず

遅れし母に芒の深さ分けて待つ

冬鏡今日以後を母老いしむな

御主人が戦死され、また引きつゞき父上を失はれた馬場さんにとつて、その愛情は、母上にのみはげしくむけられることとなつた。母をよんだ句の多いのは当然のことである。また朝な夕なの峽の音以外に馬場さんを慰める動物に対する愛情もまことにこまやかである。

犬の目のわれを敬ふ枯野行

膝の書に犬が顔出す春の暮
鼠出て栗ひく音のにくからぬ
その他好きな句は多いが二三をあげる。
木樵らに屋根見下され寒に住む
蝶の昼一樹なき墓翳し合ふ
曼珠沙華濁流峡を出でいそぐ

（「俳句研究」昭和三十三年七月号「句集拝見」）

＊右の文中の、〈「俳句」に十五句出された時の句〉とは、「俳句」昭和三十年四月号の「枯野」（十五句）である。本書第一部第四章参照。

馬酔木作家論

楠本憲吉

＊この論は、「馬酔木」昭和三十五年十月号より、三十六年九月号までの作品を対象としたものである。
取り上げられた作家は、俳歴三十年のベテラン作家佐野まもる、石川桂郎、相馬遷子、堀口星眠、藤田湘子、能村登四郎、杉山岳陽、そして馬場移公子――。

女流から、斗病《ママ》中の馬場移公子氏はどうか。

木葉髪かたみに過去を修飾し

病者達の心理の暗部を掘り起し、拡大して見せたうまい句で、さすがだと思う。療養所の仰臥生活は囚虜のそれと酷似している。過日、私は川越の少年刑務所を訪ねたが、何のことはない、嘗て私がいた療養所とそっくりなのには内心苦笑を禁じ得なかったものである。只、格子があるかないかの相異だけだといっても過言ではあるまい。従って療養所は一種の極限の生活を強いるところであり、孤独というよりは、只一人、自分自身と日夜対決を余儀なくされる生活のあるところである。人はそこで分裂した過去の己を取り戻すが、失ったものに対する郷愁と愛惜には亦、一入強く身を縛されるものなのである。一句はそういった病者固有の心理的ニュアンスを一気に描破して余すところがない。木の葉髪の併用も亦、必要十分な効果をあげているといってよいだろう。

三月野子等より病者打ち連れて
日々視野の枯野へ階を下り行かず
病める荷の中花種も冬眠り
徒食の手触れて鋭き稲の葉よ
凡百の朝顔日数繰るのみに

いずれも共感を呼ぶいい句だと思う。前年度馬酔木賞作家としての手腕は十分だ。波郷氏の築いた療養詩の金字塔『惜命』は依然として療養作者にとって高く部厚い壁である。

波郷氏を敬慕する馬場さんは一人この壁を意識し、苦しまれたことであろう。
馬場さんは近時、退院され、自宅療養中と聞いている。自宅療養はある意味ではもっと苦しいと思う。この苦しみを享受して作品形象に役立たしめるよう念じて止まない。

（「馬酔木」昭和三十六年十月号）

馬場移公子鑑賞——その作品を支えるもの

福永耕二

僕にはどんな句も、それを客観的な事実として鑑賞することはできない。句にはそれを作った人の意志が働いていて、その意志のままに僕らは作者の世界に導入される。僕が馬場移公子という人を知らなくても、その作品鑑賞の可能を信ずるのは、そのような作品の中に働く力を認めるからである。

句集『峡の音』のはじめの方に、

見つつ来し凧の下なり投函す

という句があり、はじめてこの句を読んだとき、胸を衝きあげるような力を感じたことがあった。それをそのときは、句の構成の見事さであろうと見すごしたのであるが、いま考えてみると、そんな簡単なものではなかったらしい。

よくこういうことがある。直感的に強い感動の存在を確認しながら、それを理解する段になると、安易な理解で妥協してしまおうとする態度だ。そのときがそうだった。僕は「ありふれた内容だけど表現がうまい」という理解で、自分の感動する心を鎮静させてしまったのだ。はたして、ありふれた内容であったか、僕はなるべく自分の心を黙らして、この句の中に作者の声をききたいと思う。

北風が切れ目なしに吹きわたる菜園の畦道を、作者はやや遠い距離にあるポストまで急いでいるのであろう。峡の山々は高く低く連なり、その空か山かの一点に、作者は小さな凧を見出した。それは北風に舞い上がろうとする凧であり、地上からの糸で安定を余儀なくされている凧であった。何故だか作者はそれから目を離すに忍びず、顔を上げて歩きつづけた。凧は風に狂い、いまにも糸を切って空中へ舞いとぶように見えたが、意外に地上との絆は強かった。凧に近づくに従って、それは凧の響きを伝えるほど、見えない糸を感じさせるほどであったにちがいない。ポストの所まで来たとき、凧は作者の頭上にあった。

たとえ運命論者でなくとも、凧を見つづける以上は、その心が凧とともに、風に狂わない筈はあるまい。まして夫と父を相次いで失って間もない作者である。風に耐えている凧に自分の耐えているこころの痛みを、揺れ動く凧に自分の心の動揺を、投影させてみても不思議はなかろう。だが、この句がそれだけの世界で完結していたら、僕がここで敢えて取上げて論ずるまでもないことだ。僕がこの句に強くうたれたのは、むしろ、そういう「見つつ来し凧の下なり」という自己の感傷的独白を、「投函す」という一つの行為がうち切ったとき、作者の意志が強靱な形をとって表われたものと見たからであった。

作者の心はもう頭上の凧にはない。凧の下に来て、それ以上縮められない凧との距離は、まさしく作者の投影された心と作者の現実感との距離を表わしていたにちがいない。われに返った作者は、厳しい顔でポストに手紙を投げ入れる。

かってある評論家が日本文学はすべて被害者の告白であって、加害者の意識で書かれたものがないという意味のことを書いていたが、加害者にしろ被害者にしろ、その心を感傷的にうたうことは易しい。しかし、被害者の心を意志的にうたうのは、加害者の意志をうたうことよりももっと至難なのだ。なぜなら、自分の負った傷で一度死んだ心が、もう一度作家として生き返らねばならぬからだ。そこには強靱な作家根性が必要だからだ。

ではどうして馬場移公子は、そういう強靱な作家根性を自分の中に培ったのであろうか。そういう強さがこの作家生得のものでなかったことは、たとえば「峡の音」初期の次のような作品を見れば明白だ。

螢火やひとりの歩みすぐかへす
木枯に袖かきあはす夜の使ひ
夜の枯野つまづきてより怯えけり

これらのどの句にも、被害者としての女性の怯えが述べられている。深窓に育ち、薄倖な運命を背負った女性の青白い表情が、いたましい。「峡の音」のあとがきで作者は、「昭和十九年一月、夫の戦死、心の癒ゆる間もなく昭和二十一年一月に父を失ったのは、もっとも身に応えましたが、俳句を識ることに依り、慰められ生きる喜びを与えられました。」と書いている。僕にはこの言葉以上に、そのときの作者の心境をおしはかる材料はないのだが、相次いで頼るべき支柱を失った作者が、俳句に生きる喜びを感ずるようになるまでには、まだ相当な時間の経過が、というよりも運命に対する嗟嘆の涙が流されたことであろう。

小林秀雄は、ある文章の中でチェホフの手紙の中の言葉「女を賞める奴もけなす奴も嫌ひだ。男だって女だってびた一文の価値もありません。」を引用した後で、「たしかに人類というものは、男と女とに別れているのであるが、文学でもほんたうの文学と言へるものは、男の手に成ったものでも女の手に成ったものでもないと思ふ。(中略《ママ》)作家たる以上、男であっても女であってもならない。作家の魂といふものは、言葉を代へて言へばほんたうの詩魂といふものは、人間を一応廃業して了った人間だけがしっかり摑む事の出来るものらしい。チェホフの文学に漂ふ人の心を深くつく憂愁といふ様なものは、たしかに人間廃業の何たるかを自覚した人が摑んだ何かしらからやってくるのである。」(*促音表記は原文のまま)と書いている。僕はこの文を読み返すたびに、馬場移公子という男でも女でもない一人の作家を思い出すのである。この人こそ、女であることをやめた数少ない女流作家の一人であると信ずるからである。

この人における人間廃業は、再婚の意志の断念という形で表れた。しかしそれは結果として表われたものであって、人間廃業はいつも涙を涸らすほどの悲嘆によって購われたのだ。

北吹けりこの夜かゝはるわが行く方

息白しよべにつゞきて思ふこと

しかし、作家根性というようなものが一朝一夕に築かれる筈がない。いくたびも逡巡し、低迷し、眠られぬ耳に、北風の厳しい響きをきいたことであろう。作者の悲しみは、子守歌なしに眠ろうとはしない。そういうとき作者は、乳飲児のように母にすがり、母の胸に抱かれようとする。

母ゐますまどゐに遠く花疲れ

桐の花母あるかぎり夢たもつ

籐椅子に母のながくもゐたまはず

母を詠んだ句は多く、いずれも感情がこもっているが、これらの句にあらわれる母は実体をもつ母というより、むしろ幼時の母の面影に近い姿で詠まれている。それというのも作者の中の被害者意識が保護を求めることに切であったからであろう。だから、その母が病むとすぐおろおろと

行く雁に母は病みつつ何の詩ぞ

という弱さが口を衝いて出るのである。

この頃、作者のゆれうごく心を支えていたものに、もう一つの重要なものを見逃すことはできない。それは峡という作者をとりまく風土であった。

萩咲きぬ峡は蚕飼をくりかへし

秩父は隅田川の上流、荒川に沿った長い峡で、その峡の展けた入り口に作者の実家があるそうだ。養蚕の盛んな土地で、しかも作者の実家は蚕種屋ということだから、おそらく広い土間、太い梁を特徴とする東部日本の代表的な家であろう。歯車のように規則正しい蚕飼は、夏蚕がすむと秋蚕という風に絶え間がない。朝夕涼しく感じられる頃になって、そのような忙しい生活とは別のことのように萩が咲きはじめた。そのあまり目だたぬ花が、単調な生活の繰り返しの中にも、季節の推移を語りかけているのである。

いなびかり生涯峡を出ず住むか

しかし、山々に囲まれた単調な、そして閉鎖的な生活は、作者の若い生命にたえがたい寂寥と焦燥の思いを浸透されたことであろう。「焦心の髪洗ふなり雪の日に」「吾のみの雪の足跡にわが追はれ」「紫陽花に昼を睡りて何失ふ」「こほろぎの一夜滅びのこゑ激し」等々の句には、そのような寂寥感、焦燥感が単独に、一つの形をとって表現されているが、いなびかりの句はそういう思いが抑えられ秘められているだけに、いっそう訴えるものが強い。峡への愛執と自己への愛憐の思いが抵抗し、葛藤し、相克し、一つの呟きの形をとっているのだ。

解けつつぞ目鼻泣きゐる雪だるま

街角か空地ででもあろうか。子供たちが作った雪だるまも午後は溶けはじめ、目鼻のタドンが顔をよごし、あたかも泣いているかのように見えたのである。一読調子がひっかかるのは、はっきりした切字がないからだろうか。しかし、その調子の悪さが、何故か冬空の不安定な感じ、その下を急ぐ作者の心を反映しているように見える。泣いているのは雪だるまであったろうが、泣いていると感じたのは作者である。

東へ低き冬山手紙待つ

峡の寒い夜明、作者は春を待つように手紙を待っている。東へ低き冬山という具体的な表現が、かえって抽象的な暗示の役目を果たしている。冬山にとり囲まれた峡で、作者はその低い冬山の彼方へ目を投げかけている。期待に似たものがあるが、それはもっと厳しく人生の姿を捉えてきた目である。かなしみのかわりにあきらめが、その目には映っている。

父の忌や枯山に日の滞り

句自体あまりいいのではないかも知れぬが、作者の心はもう作品の可不可を離れてしまっているようである。自己に真実である句、作句することが生きることであるような句、それで充分だという作者の態度は、こういう投げ出したような句にははっきり示される。僕もそれでいいのだと思う。結局行きつくところは孤高の世界だ。孤高ということは一人よがりでもなければ、高踏派のことでもない。意識するしないに関わらず、いわば外界から強いられる苦行の道である。

馬場移公子の作品世界は、たえず自分の心にはびこる感傷的思念を、一つ一つ投げ捨てることにより、意志的に生きようとする一人の女性の姿を浮彫にする。

巌壁より投げて七夕竹流す

昭和三十四年度馬酔木賞に選ばれたこの句には、そのような意志的な作者の姿勢が、ほとんど完成に近い形で表現されている。

巌壁の頂きに作者の手から、褪せた色紙や短冊に飾られた七夕竹が投げ落とされる。七夕竹が何かの象徴であるなどとは言うまい。むしろそれは、見る影もなく破れつくし、散りつくした現実の七夕竹である。しかし、それを投げ落とす作者の心の、なんという強靭な、非情なまでに強靭な響きを伝えていることであろうか。

草摘むや生ひ立ちし野に顔古び

自己をこのように凝視することは、かりそめに出来るものではない。かなしみをうたうことをやめた心のなんというかなしみであろうか。

その後、作者は胸を病んで療養中とのことである。月々馬酔木誌に発表される張りつめたような句調の句を、僕は祈るような気持ちで見守ったこともあった。

命綱投ぐるごと蟬鳴き出だす

偸み見る夜涼の映画裏側を

冬青空無想を切に検脈時

こういう最近の句にも言及したかったが、紙数が許さない。作者が早く健康な状態にかえって、明るい微笑をとりもどす日の来ることを心から祈る。

（「馬酔木」昭和三十七年三月号）

馬酔木女流作家について

野沢節子

＊「馬酔木」五十周年記念号の為に野沢節子に依頼した原稿。及川貞、殿村菟絲子、馬場移公子、山田孝子の四人の女流に触れている。

馬場移公子　馬場移公子さんもすでに『峽の音』という一家集を上梓されている。句集名にふさわしい澄んだ純粋な作風であった。ことに秩父という風土の影響が、水のにじむように作品に滲みこんでいるところに特徴があった。

ほととぎす瀬音も朝へ引緊る

百姓の俎ひびく朝の百舌鳥

猟犬は他所もの峡の犬吠えて

冬耕の憩ひて土に紛れぬる

「ほととぎす」には、朝の瀬音の深々たるひびきを伝え「百姓の」には、土地へのふかい愛着が裏打ちされている。「猟犬」のアイロニーを詠うまでに、作者は余裕をもって句境をひろげてこられた。「冬耕」の土着人のかなしさと根強さ。「実柘榴の涙の粒に似しを食む」の移公子さんの内側の孤独が、己れのみにとどまらず郷土人への連帯感にまでなって作品化されて来ていることを喜ばずにはいられない。そこに、作者の句が清澄さのみに終らぬ土性骨のようなものが、私には見えてたのもしいのである。

（「馬酔木」昭和四十六年十月号）

〈座談会〉馬酔木作家論（抜粋・要約）

［出席者］堀口星眠・大島民郎・千代田葛彦・岡田貞峰・古賀まり子
鳥越すみ子・澤田弦四郎・富岡掬池路・市村究一郎

富岡　馬酔木六十年をふりかえって見て、私にとっては、印象的な女性が三人浮かぶんです。先ず及川さん、殿村さん、馬場さん。

……馬場さんの句集を調べてみたんですよ。『峡の音』という、昭和三十三年に出たんですがね。馬場さんは二十一年に初入選したというんですが、それで十年ぐらいで『峡の音』なんてすばらしいのを出しているんですね。だけれども、秩父にこもっちゃっているせいか、復刊される話もないし……。

私、三人の句の違いを書き抜いてきたんです。女性だからね、髪の毛をどういうふうに詠っているか見たんです。及川さんは「ほそる髪大切洗ふお六櫛」でね。いかにも及川さんらしい、無造作といったら悪いかもしれませんがね。

殿村さんは、「ほととぎす濡れ髪冷えしまま寝まる」。馬場さんは、「睡るまで髪硬かりし霜のこゑ」。なんかそこに味の違ったものを持ってるという気がするんですよ。さらに三人の代表句といえば、及川さんは「空澄めば飛んで来て咲くよ曼珠沙華」。殿村さんは「アネモネのこの灯を消さばくずほれむ」。馬場さんは「黴の香の帯因習を纏くごとく」。

三人に言えることは、この三人の句には心が入っています。単なる写生ではなくて。

千代田　たしかに今の俳壇で、名前かどんどん出てゆく人と、かくれてしまう人とあるんですが、作品の価値とは別にそういう現象がある。馬場さんは秩父にこもられて、どちらかというと引込思案で、身体も丈夫じゃない。けれども自分はこれでもない、これでもないと工夫している。ところがほんとに話相手とか、琢磨しあう人に乏しいせいではないかと思われるが迷ったり、自信を失ったりして沈むというか、かくれてしまう。ほんとに惜しいと思いますね。

古賀　復刻版というのは馬酔木の記念行事にできないものでしょうか。

千代田　馬場さんは『峡の音』だけですかね。

古賀　そうなんです。ほんとに昭和二十一年が初入選なんです。ほんとに四、五年の間に、「うぐひすや坂また坂に息みだれ」とか、その後皆が真似た句が多いですね。馬場さんを女性と思わない人がいたんですが、名前だけでなくて、そのくらいあまったるい句がなかったんですね。

千代田　馬場さんの場合、発表される句が全部粒が揃っているんですね。三人の中では。及川さんのは随分と乱暴なものもあり、たいへんいいものもある。それから殿村さんもそうですが、御主人が亡くなられてから、なりふりかまわぬ強さが出てきましたね。いわゆる「馬酔木的」な俳句でなくなったね。そのものずばりを出してきたね。剛ですね。

及川さんの場合は先ほどの曼珠沙華、それからお子さんを亡くされた時の「絵燈籠ともして幾夜亡き子亡し」そういったお子さんに対する心が根底にあって、御主人と二人で楽しみながら暮らしてこられて、今度御主人を亡くされましたが、割合にさっぱりとしておられる。やはり女の生きる力かね。僕はそれをこころ安らかに明るく見ているんです。家庭的なものが背景にあって、自分の持っている抒情性を出している。

いつでしたか水原先生が馬場さんの句をほめられた時、句に心のかげりが添うのがいいと、おっしゃられていたように思うんですがね。作品の粒が揃っています。もう一度掘り起こしていい作家だと思います。

大島　この中で一番先に馬場さんに逢っているのは私だと思いますがね。昭和二十二年でしたか。あの頃清崎敏郎君なんかと、慶応の俳句会でね。まだ学生なんですが、小内春邑子という、今水明で活躍しているようですけれど、それが、馬場さんの近くに住んでおってね。「非常に俳句に熱心な馬酔木の人がいる」ということで、私と清崎敏郎君を連れていった。その時見せて貰ったのがね、この句集『峡の音』の冒頭に出ている「梅かたし神楽の笛のひびく丘」「石蕗咲きて石に水打つこともなし」の二つですが、覚えていますね。この句には水原先生も驚かれたようでした。清冽でしかもひかえめな方ですね。それで芯はお強いのでしょうね。それが一貫して清新さがあって、例えば今月の句の「遅咲きのさくら追越す山のいろ」にも清冽さが貫かれていて、すばらしいことですね。それでひとりでこつこつやっておられる、いっしょにやる競争相手もいないところでね。金子伊昔紅さんのお弟子ということになるのでしょうかね。

堀口　「山のいろ」はうまいね。

一同　「うん」。

堀口　馬場さんはそういうふうに埋れて、引込思案ということもあるけれど、それがまた特徴になっているからいいんですね。必ずしも皆が同じ方向で活躍しなくてもいいんです。富岡さんが馬場さんのことを「柔」とおっしゃったけれど、馬場さんが内面的には一番「剛」なんじゃないですか。芯は強いと思います。

富岡　そう、話をしちゃおとなしくてね、内面は「剛」かもね。

堀口　それと、誇をもっています。

富岡　だから「あそこまでいった」とも水原先生が書いておられる。壁にぶつかってはどう切りひらいていったかということをね。常に心に鞭打っていたようですね。
わたしゃ殿村さんに聴いたことはないんですがね、殿村さんが時々馬場さんと一緒に歩いていたようですね。秩父あたりを。

堀口　そうです。最初の頃はね。殿村さんの句にそういうのがありますよ。しかし、要するに馬場さんは、通俗的なおつきあいがいやなんですよ。社交的になってくるのがいやなんですね。

富岡　馬場さんは人間的にアクション的なものが少ない。だからよけいに馬酔木として、そういうものを掘り起こして、六十周年を振り返ってみる必要があるということを申し上げたかったんですよ。つまりジャーナルには向かないということですが。

大島　伝統的な日本女性の一つのタイプで、しかも、内に秘めたものは強いが、非常にしなやかでね。「花の雨遺族の誇今はなし」というのがあったね。あの方は戦争未亡人ですね。苦労してますね。

鳥越　そうですね、「亡き兵の妻の名負ふも雁の頃」というのがありましたね。

堀口　その句はいいですね。具象性は少ないんですが。大方は具象性の句が多いですね。自然を見て、それと生活が重なってますね。そこが強いんじゃないでしょうか。田舎の句材が多いですからね。

大島　そのほかには「藤咲くや水をゆたかにつかひ馴れ」

堀口　そうそう、そういうふうにね。

古賀　みんな真似しましたね。俳句はじめてから四年ぐらいで、そういういい句がありますね。そのほか「夜の枯野つまづきてより怯えけり」なんてね。

岡田　馬酔木の作家の良い句集を読みたい。馬場さんの句集を読みたいと妻と話しているうち『峡の音』がどうしても欲しくなり、三年ばかり前、僅かな残部のうちからわけて頂きました。今よんでもこの句集は実にみずみずしく深い艶があるし、誰にも頼らず、凛として身を持しているさまが、句姿に気品となって匂っているように思いました。

堀口　その頃の人は「馬酔木集」でちゃんとした仕事をしてますね。千代田さんは、むしろそれから伸びたんですけれど。それを考えたんですが、その頃は何をやってもオリジナルで新しかったんじゃないですかね。今の人は、そういう点では不利ですね。一つの典型がつぎつぎ出来ちゃって。

富岡　新しいとか古いとか、オリジナルが無くなったとかいうのではなくてね、僕はね、句に心の影が差すというのが大事じゃないですかね。風景とか材料というものは、もうとられちゃってね、無いということはあるけれども、心のかげのさすのがね。

堀口　しかしね、僕はオリジナルだから、それがあると思うんですよ。心のかげがさしてても ねえ、オリジナルでないとだめなんですよ。

古賀　それだけ俳句人口が増えちゃったということですかね。

岡田　小グループの句会を重ねているうちに、個性がうすめられちゃったんじゃないですか。同じグループで一年中一諸にやってますと。

堀口　花にたとえて言えば、田舎で、昔はリラなんていうのはめずらしかったんですが、今どこの家にいってもありますね。一寸も驚かなくなった。そういう風になんでも普及した。

古賀　もう一つは、添削指導が発達しちゃったためにね。馬場さんの場合は、峡の中誰にも触れずにひとりで自分を叩いて作った。今は一寸作れば見てくれる人がいる。逆に芽を摘まれちゃうこともあるでしょうけれど。

澤田　未完成でもよい芽があるということを見出すのは、大切なことなんでしょうね。

千代田　馬場さんの句には生命がある。そういっちゃ悪いけれど、同人もあとから増えてきてね。女性も増えてきましたがね。どっちかというと、さっき言った心が添わないと言いますか、ほんとの自分が裏打ちされていない作品が多いといえるんじゃないですか。お手本がたくさんあるから、或る程度うまい。けれども、いいかというとね、考えちゃう。

＊馬場移公子の名が登場するのはここまで。以下略。

（「馬酔木」昭和五十六年十月号［六十周年記念号］より）

＊右の座談会では、馬場移公子が峡に籠って孤独に作句していたように語られているが、移公子は伊昔紅を中心とする超結社の句会に毎回参加していた。三句の事前投句の葉書が、句会場であった塩谷家に多数保存されている。この句会を経て、「馬酔木」に投句していたのである。

秩父の佳人

第二五回俳人協会賞・馬場移公子

林　翔

若き日の移公子さんは、殿村菟絲子さんとならんで「馬酔木」の美人の双璧だった。これは私の主観ではなく、衆目の一致するところだったのである。ただ、美しさの質は菟絲子さんと違っていた。菟絲子さんはあくまで洗練された都会的なうつくしさ。対する移公子さんは秩父の旧家の人らしく、素朴な中にもおっとりとした気品を具えていた。そして若さを失った今でも移公子さんはなお美しい。移公子さんは余り丈夫なほうではなかったようだ。初期の代表作の一つに〈うぐひすや坂また坂に息みだれ〉があり、山坂の多い秩父に住む佳人の面影が髣髴としている。最近ではよくよくのことでもなければ上京されないが、「沖」の勉強会が秩父で開かれた時、宿へ会いに来てくれたことが忘れられない。

移公子さんとは馬酔木新人会の同窓生の間柄だが、やや先輩に当たる私を立てて、「林さんが句集を出されたら直ぐ私も出しますから」と常々言っておられたのに、私は重い腰を中々あげなかった。たまりかねた移公子さんから、「いくらお待ちしてもお出しにならないので、すみませんが一足お先に出させていただきます」という内容の手紙を受取った。処女句集『峽の音』が出たのは昭和三十三年で、俳人協会はまだ生まれていなかった。受賞作の『峽の雲』は第二句集だが俳人協会賞設定後に移公子さんが出した最初の句集ということになる。

移公子さんは石田波郷に私淑していた。第一句集に寄せた波郷の跋文は秩父の俳人馬場移公子を描き尽して、今度の句集『峽の雲』にも本質的にはそのまま当てはまりそうな気がする。

（「俳句文学館」第一七九号　昭和六十一年三月五日刊）

馬場移公子

ほんだゆき

馬場移公子は、作句生活四十年の間に二冊しか句集を出版していない。『峡の音』（昭和三十二《ママ》年）と『峡の雲』（昭和六十年）である。

石田波郷をして、感性のあふれた把握と撓やかな叙法と言わしめた格調の高さは、第二句集『峡の雲』に至り、ますます彫と翳を深くした感がある。昭和六十年度俳人協会賞は当然と言えよう。

いなびかり生涯峡を出ず住むか

美しい容《かんばせ》のまま文字通り峡の生家を守りつづけている移公子は、大正七年埼玉県秩父生。昭和十五年結婚、一時東京に住むが、戦争のため夫を失いそれ以後蚕種屋である生家にもどり今日に至っている。

作句の上では昭和二十一年馬酔木初入選。終戦直後の日本はまだ混沌とした時代であった。しかしそんな中で、「馬酔木」はすでに除々に息をととのえはじめていた。同年一、二月と三、四月にはそれぞれ合併号を出し、五月には終戦以来欠けていた表紙絵も、単色刷から復活したのである。秋櫻子の執筆活動も、「俳壇展望」随筆『春祭』など活発になり、翌年昭和二十二年一月には、復刊記念会が開かれたりしている。

若くして未亡人となった移公子が、そんな秋櫻子に従いて俳句への情熱を傾けて行ったのは、容易に想像出来る。

『峽の音』より

手向くるに似たりひとりの手花火は
野分浪とどろく胸を抱きて眠る
ほとゝぎす夕冷え胸の奥よりす
倒るゝまで枯向日葵を立たせ置く
干す足袋の白さに枯野つゞきるぬ
鼠出て 栗 曳く 音 の 憎 か ら ぬ
一人出てうしろさみしき遠花火
曼 珠 沙 華 濁 流 峽 を 出 で い そ ぐ

日に月に腰折れ紫苑揺れとほす

秋櫻子は序で「前略……移公子さんは俳句をはじめてから十年、短い旅行のほかには一度も秩父の峡を出たことはない。秩父の峡にも我々の知らぬ景勝や生活は多いであらうから、素材の欠乏に苦しむことはそれほどではないとしても、自然や生活に同じ調子の繰り返されることには困るであらうと思はれる。それにうち克つためには何よりもまづ自分を高めて行かなければならない。自分の心が高く深くなつて行くと、同調子の繰り返しと見えた自然や生活にもまた複雑な変化が生ずるわけだ。……中略……他からの影響をすぐ外に現はさず、自分の心の中で十分に醱酵するのを待つてから現すといふのは、いかにも立派な作家魂である」

更に波郷は移公子の作品を心づけば常に峡の音のきこえてくる句と述べ、揚げた句中「ほとゝぎす」の句について「峡の狭い空をそめつくした夕焼の下、初夏なほ夕べは冷える風土を詠みあげつつ、夕冷がわが胸の奥から沁み出てくると詠んで、深く長いかなしみをほつと吐き出してゐるのだ」と鑑賞し、又「鼠出て」についても、「ややもすると平俗な戯心の句になりがちなところを、しみじみとした暖かさを保つてゐるのは、その底に一抹のわびしさを宿してゐるからであり、……中略……高く澄んだ境地へひきあげてゐる力に驚かざるを得ない」と高く評価している。

『峡の雲』をのぞいてみよう。

霜の華ひと息の詩は胸あつし
諍ひも天に筒抜け月の峡
草笛を子に吹く息の短かさよ
春暁の子を起す亡きひとのこゑ
片々と蝶の渇きや梅雨の中
水のこゑ水にとどまる冬ざくら
枯鶏頭種火のごとき朱をのこす
逝く母を逝かせてしまふ夕河鹿
瀬々濁るまで花の雨つのりけり

移公子の世界は、せかせかと読みすすむ味わい方では、もったいない。歳月を費やしてゆっくりと醗酵した美酒を味わうように、一句一句にたたずむ程に勁くあえかに胸にひびいてくる。俳句はわれを主役にする詩である。

女流はとかくそのわれに溺れやすいのだが、移公子俳句には生そのものへの憂愁の翳は濃いが、われを対象の中に深沈させて女くささがない。具象に深くわれが喰込んでいながら、常に別のわれが溺れるという詩的破壊行為を押えている。二冊の句集に結集された四十年間の作句姿勢には、少しの乱れもなく高い次元でわれが鏤《ちりば》められていて胸を打つ。その詩魂には、秋櫻子が「ほととぎす」離脱以来くり返し説いてきた、自然の真は材料にすぎず、文芸上の真は、材料をとかし自分の経験をとかし合せ、純化することによって得られるものこそ、本物の俳句である、という精神が鮮やかに流れている感がある。境涯のつぶやきの抒情詩人である。

（「馬酔木」昭和六十二年十一月号「馬酔木女流俳人展望（二）」「その（三）　馬場移公子」）

第二章　馬場移公子追悼文集

馬場移公子さん追悼——俳人協会賞の受賞者

水原春郎

馬場移公子さんが生涯に遺された句集は『峡の音』『峡の雲』の二冊で、共に峡に生きてきた人の命をうたったものである。受賞された『峡の雲』は昭和三十二年から六十年春までの二十八年間の句業の中から精選された僅か四百三十余句が収められている。

移公子さんは秩父の金子伊昔紅氏（兜太氏の厳父）の愛弟子で、「馬酔木」に入られてからは、石田波郷に私淑されたと聞いている。その波郷氏が第一句集の跋に書かれた一節は、馬場さんの総てを表しているといっても過言ではなかろう。「風にも耐えぬような痩身ながら山路を下駄ばきで楽々と踏破する体力と寡黙謙譲の底に金輪際自らを持する強い精神」「心づけば常に峡の音の聞こえてくるような格調のある句」

また『峡の雲』の帯文には「著者は秩父の峡深く、むしろ世に顕れることをひたすら避けるかのようにつつましく生きる旧家の佳人」と書かれている。私が最後にお目に掛かったのは、父の生誕百年記念会の時だったが、流石にお年をとられたとはいえ、楚々たる美しさには近寄り難い気品があった。句集名について移公子さんは「遠見の利かぬ峡中では、何かにつけて空を仰ぎ、雲は親しい存在ですので」と述べている。

（「俳句文学館」第二七七号　平成六年五月五日刊）

「馬酔木」平成六年四月号「編集後記」

馬場移公子さんが亡くなった。端正、端麗、清冽、気品とは移公子俳句を評するとき誰もが口にすることだが、まことに馬酔木の女流史のなかでも真に名花の名にふさわしい作家だった。馬場さんには凜とした拒絶の姿勢があった。馬酔木賞、俳人協会賞と大きな賞を受けながらも流されることがなかった。馬場さんの句がいいのは、自身をふくめて何物にも妥協ということをしなかったからではなかろうか。六月号を追悼の号とする。

（千枝子）

「馬場移公子追悼特集」（「馬酔木」平成六年六月号）

馬場移公子五〇句　抄出・岡田貞峰

萩咲きぬ峡は蚕飼をくりかへし
新涼の水汲むちから加はりぬ
夜の枯野つまづきてより怯えけり
うぐひすや坂また坂に息みだれ
一日臥し枯野の音を聴きつくす
手向くるに似たりひとりの手花火は
いなびかり生涯峡を出ず住むか
ほとゝぎす夕冷え胸の奥よりす

野分中汲み来し水の揺れやまぬ
嘆くたび鶏頭色を深めたる
紫陽花に昼を睡りて何失ふ
稲妻の谿裂くたびに霧厚し
亡き兵の妻の名負ふも雁の頃
倒るゝまで枯向日葵を立たせ置く
良夜なり桑足りて閉す蚕屋障子
睡るまで髪硬かりし霜のこゑ
曼珠沙華濁流峡を出でいそぐ
雪夜にて妙にも耳の鳴りゐたる
一つ音の法師蟬過去透きにけり
黴の香の帯因習を巻く如く
前髪に磨ぐ縫針や一葉忌
巌壁より投げて七夕竹流す
柿剝く刃寂しき目鼻映るなり
霜の華ひと息の詩は胸あつし

木の葉髪かたみに過去を修飾し
枯野ゆく幼な子絶えず言葉欲り
頭上にのみ星は混みをり春隣
花八ッ手日陰は空の藍浸みて
枯れゆけば空引き寄せて川流る
燕来て火の見の奥のふた部落
麦秋の蝶ほどにわが行方なし
柿の朱の極まればくる波郷の忌
紅梅のしんじつ紅き紙漉村
樫落葉焚きて山姥めく日かな
遅咲きのさくら追越す山のいろ
飼はれゐて眼は従はず露の雉子
冬の畦人の去りゆく方へ伸ぶ
雪催ひまこと狢の鳴く夜にて
桑株の高さをいでず枯雀
身に入むや伊昔紅忌の踊唄

初夢を追ひてしばらくうす瞼
逝く母を逝かせてしまふ夕河鹿
朴落葉一枚に岨ひびきけり
蒟蒻を蚕棚に寝かす山日和
枯山を擦つて夕雲燃えはじむ
花一樹ありて風邪寝のやすからぬ
小まはりに峡をはなれずほととぎす
急がざることをもはらに木の葉髪
かりそめの杖の身に添ふ梅日和
一本の芒が強し月まつる

移公子さんのこと

金子兜太

先日、某誌の記念大会で能村登四郎、林翔の両氏に久しぶりにお目にかかったところ馬場移公子さんのことが話題になった。二人とも移公子さんのことをよく識っていて、その俳句を注目していた様子である。

翔さんは、葬の当日、秩父盆地の長瀞《ながとろ》町大字野上下郷《のがみしもごう》までゆくつもりだった、と話していた。この下郷が移公子さんの生家のあるところで、ここで息を引きとっている。ところが、秩父鉄道でゆき、野上駅か樋口駅で下車するところまでは電話で尋ねて分ったが、それから山の中へ入る道が複雑で分らない。自動車で駅まで迎えにゆく、といってくれたが、申しわけないので、結局止めることにした、と翔さんはいう。だいいち、秩父鉄道はＪＲとどこで連絡しているのか、それも知らない始末だからね、ともいう。

わたしは翔さんのこの気持に感銘したのである。私自身は現在熊谷市に住んでいて、秩父にいる弟の千侍から移公子さんの他界を伝えられたときも家にいた。しかし、千侍に頼んで生花を届けてもらっただけで、葬には参加しなかった。どこかで気にしながら参列しない自分に較べて、遠く隔った土地に住む翔さんの心情はじつに温い、とおもっていた。

翔さんはわたしほどに移公子さんを識らないはずである。それなのに、とおもうわけだが、わたしが馬場移公子という女流の存在を知ったのは、戦地から復員したときだった。移公子さんの家からさらに秩父の奥へ七、八キロ入った皆野《みなの》町がわたしの実家のあるところだが、そこで父が医院を開業していた（いま、千侍が後を嗣いでいる）。そして伊昔紅と号して俳句を作っていた。別に、古くから伝わる秩父盆踊の歌詞や踊を整え、秩父音頭と改称して、これの普及に努めていた。

わたしが、昭和二十一年（一九四六）初冬に復員したとき、伊昔紅は既に俳誌『雁坂《かりさか》』を出していた。月刊ではあったが、謄写版刷りの薄っぺらなものである。しかし『馬酔木』創刊期あたりから同誌に投句していた人もかなりいて、水準はなかなかのものだったのである。『馬酔木』創刊期といえば、伊昔紅は「秋櫻子の旗揚げ」と称して、これに共鳴し、やはり謄写版刷りの俳誌『若鮎《わかあゆ》』を出したことがあった。『馬酔木』秩父支部くらいの気持ちでいたのだ。そこに青年たちが集まり（女性はいなかった）、『馬酔木』の秋櫻子選に盛んに投句していた。数人が秋櫻子指導の東京句会に出掛けていったこともある。また、秋櫻子御大はじめ同人諸公も秩父に数回遊びに来ておられる。

『若鮎』は間もなく廃刊になったが、終戦の年に『雁坂』が創刊され、その当時の人たちが主力になっていた。伊昔紅は『馬酔木』同人に迎えられていた。『雁坂』はけっこう賑やかで、女性の参加も見られるようになっていた。そのなかに馬場移公子さんもいて、わたしが初めてお目にかかったときは、すでに『馬酔木』同人だったように記憶している。（あるいはその数年以内のことだったかもしれない）

移公子さんは大正七年（一九一八）の生れだから、初見の時は二十代終りごろだった。戦時に夫君を失い未亡人だった。楚楚として、しかも気の張りが感じられて、美しい人だとおもった。秩父の枯山を背景にきちんと立っていて、物言いもしっかりしていた。

伊昔紅は、この移公子さんに期待していた。『雁坂』はほぼ十年にして終刊したのだが、終刊のことばのなかで、これは自分の多忙のためで（休刊）にすぎないと書いていた。何故か、といえば、《雁坂が生んだ第一の実力者移公子さんに、将来雁坂の復刊を計って貰いたいと云うことです。》ということだった。

数ある優秀な男性俳人を凌ぐ期待を伊昔紅に持たせた理由のなかに、秋櫻子さんの移公子評価が高かったこともある。秩父谷唯一の中央俳人という言い方をしている人もいたが、作品は潔癖なほどに簡潔をもとめ、それでいて叙情のやわらかさを湛えていた。しかも、一生を独身で通し、弟家族との暮しに余念がなかったこともあって、山里での暮しの匂いが濃い。まぎれもない〈秩

父〉の俳人であったわけである。俳人協会賞を受賞したのは、この厚みあってのことと思ってい
る。伊昔紅死後、追悼句集『玉泉』が千侍とお弟子さんたちによって上梓された。移公子さんの
自選作十句が掲載されているので、全句を書き写しておく。

頭上にのみ星は混みをり春隣
鳥雲に縫針のまた折れる日よ
春疾風少年何に釘を打つ
待つことのまだ世にありて朴咲けり
山川に忽と日照雨や蚕のねむり
巌壁より投げて七夕竹流す
祭花火蒟蒻は葉を重ね合ふ
猟銃音峡の亀裂を聞くごとし
睡るまで髪硬かりし霜のこゑ
枯れ行けば空引き寄せて川流る

移公子さんは潔癖に身を持して、独り身の一生を終えた。俳壇行事や選句欄などに関係せず、商業俳誌への自作発表をも渋っていた。『雁坂』復刊のことも無論なかった。

峡の人

山岸治子

今年は荻窪の我家でも鶯を早くから聞きました。しかも毎日惜しみなく鳴き時には谷渡りまで聞かせてくれたのです。うっとりしていたある朝の電話は何と馬場移公子様が逝去されたとの知らせでした。茫然自失とはこのこと。

丁度三月号の及川貞追悼特集を読みつづけていたところとて、尚更でした。私共は馬酔木のほこるべき名花、たぐい稀な先達をお二人も相ついで失って了ったのです。何も手につかずにいると又無心の鶯のこえ

藪うぐひすようこそ東京広きかな　貞

うぐひすや坂また坂に息みだれ　移公子

鶯というとすぐ思い出す句ですが、それらが頭の中をぐるぐると渦巻くばかりでした。

先師生誕百年祭のあと駅でお別れした時「上京するのもこれでおしまいかも……」と微笑まれたのが今も鮮かに目に浮びます。思い出はいろいろ尽きませんが私が入門早々の二十代はじめのある秋、発足間もない婦人句会の人々を長瀞に誘って下さり吟行の楽しさを味わわせて下さいました。

貴船菊が渓風にゆらいでいました。

四十四年飛騨高山での同人総会のあと「信州へ廻って帰りたいけれど、どう?」と誘われましたが旅先での予定変更はと御辞退したこと、申訳なく又惜しかったと、今も思っています。御一人で行かれたらしく凄い!と思ったことでした。

「私も体力さえ許せば、そろそろ色々の所へ行きたい、小グループの吟行があったら一寸知らせて」との事で、二三御通知した事もありましたが、残念ながら実現に至りませんでした。京都での同人総会へは出席するから宿をとのことでホテルの個室を予約したのですが、大切な母上が急に体調を崩されとうとう中止となりました。

この時も総会の後、大和地方への旅を計画され、今度は私もその心算でいました。次の句集の後半は関西の作品を交えてとの御心づもりのようでしたが……。

その第二句集『峡の雲』が見事第二十五回俳人協会賞に輝いたのです。昭和六十一年早春、京王プラザホテルでの授賞式の御挨拶は壇上に上ることを固辞されたまま、控目ながらきっぱりと御気持を述べられました。

フラッシュが閃き何人もの方が写真を撮られましたが、馬酔木の受賞記念号の口絵には意外にも、私のお撮りしたピンボケに近いスナップの方がよいとの固い御申出で、驚きました。賞を頂いて花束を抱いて「にっこり」等という写真は、移公子様の美意識にそぐわなかったようです。

そしてその豪華な花束も重いからと、持たずにお帰りでした。この時私の胸中を横切ったものは、『峡の音』の波郷先生の跋文の一節、「寡黙謙譲の底に金輪際自らを持する強い精神の持主」でした。

美しい春満月の夜でした。

受賞報告の為と思いますが秋櫻子先生の御墓へ御案内した時、御新婚当時の東京住いのお話を初めて伺いました。

亡き兵の妻の名負ふも雁の頃
梅散るやありあり遠き戦死報

今は天上で御夫君馬場正一様や御両親、又妹様方と手をとりあっていらっしゃることでしょう。

弟様の奥様が急逝されたあと、お二人の甥御さんを立派に育て上げ、主婦業もこなし一人の女性としても抜群と思います。又豊かな才能を存分に発揮され馬酔木賞、俳人協会賞ともに得られました。美しくて凪にも耐えぬような、たおやかな御体で本当に充実した一生を送られたと、今更の如く深い敬意を捧げます。

いなびかり生涯峡を出ず住むか

二月十九日御葬儀の日、せめて御柩の隅にでもと老舗の雛あられを持参したのですが間に合いませんでした。

神苑の露ひびく鈴一つ買ふ

頂いた宝登山神社の小鈴が今はお形見となり時々、りりとひびきます。
何時の頃からか。何故かお親しくして頂き本当に有難うございました。
生来ぼんやりで機転が利きませんので、何の御役にも立たず申訳ございませんでした。
今はただ心からの御冥福をお祈り申し上げます。

合掌

供華のつなぎ

小野恵美子

馬場さんが亡くなったと聞いたとたんにぼんやりしてしまった。悲しいとか残念だというのとはまた違う。頭の中が無色透明で、いつもの連絡網で電話することさえ忘れていた。

大学四年のとき初めて東京例会の幹事をした。「××さんて綺麗な方ですね」句会の先輩に言うと、「とんでもない、馬場さんのほうがずーっと美人だよ。」

どんな方だろうと思っていたその馬場さんがお正月の例会に姿を見せた。なるほどと唸った。ただ美人というだけでなく品があり凛としたその風姿は、まるで真空の膜を纏っているようにさえ感じた。

馬場さんが声を掛けて下さったのは、句集を上梓して大分経った頃だった。何かの会の折、眼が合ったとたん、こちらに向かってこられた。「ご本を頂いたのにお便りもしなくてご免なさい。」コチコチになった私は「いえ、はあ、どうも」と訳の分からないことしか言えなかった。

馬場さんの俳人協会賞の授賞式で私は生花贈呈を仰せつかった。大奥様のお口添えだったと聞く。当日はどのくらいの高さでどのくらいの角度がいちばん受取り易いか、そればかり考えていた。花束贈呈はあっけなく済んでしまい、席に戻っても動悸を抑えられずにいた。

『峡の音』が出版されたころはまだ高校生で、句集を購めることなど考えもしなかった。後年誰かにお借りして書き写した。コピーなどまだない時代である。原稿用紙一枚に一字でも間違うと書き直していたから時間がかかったがその分勉強にもなった。

それが『峡の雲』は思いもかけず頂戴したのである。以前の句集のことをずっと気にかけていらしたのかもしれないと思うと却って申訳ない気がした。

樫落葉焚きて山姥めく日かな

恋猫の恋の遠出の隣字

寒の泉そのもののように鮮烈な馬場さんにこういう句があることが嬉しかった。真空の膜が少し薄らいだような気がした。

これらの句がなかったら、私のお礼状は極めて義務的なものだったに違いない。それが、「ひそかに山姥さんとお呼びしております」などと書けたのだ。その上の花束贈呈なのであった。

亡き母上を詠まれた、

雨に剪る供華のつなぎの額の花

を見たときはかなりの衝撃であった。あの地味な花の本質をこれほどよく表している句を初めて見たといっても過言ではない。私の祖父の命日は六月だが、花を買いにゆくまでのほんのちょっとの間、庭の一枝を供えたことが度々あった。人の眼を惹きにくい句かも知れないが、その句は暫く私の頭にこびりついて離れなかった。

馬場さんのことは多くの人が悼み語り継ぐことだろうが、この一文はその「つなぎ」のようなものである。額の花のようにささやかに、だが永久に馬場さんへの思いは消えない。

深悼

眩しい繭

入船亭扇橋

秩父の小川駅前へ集合午前十一時、昭和二十六年九月二十三日。いまから四十三年ほど昔のことである。

皇鈴山吟行会、会費一〇〇円（自動車代共）中食《ママ》持参と書いてある。これはまったく忘れていて、黒坂紫陽子氏に調べて教えて頂いた。その吟行会に私も参加していた。この頃はどこへ行くにも、飯能の歯科医をしていらした、吉良蘇月先生の腰巾着のようにくっついていたらしい。十九歳の未成年で煙草も酒も知らず、ただただ毎日五・七・五、五・七・五と並べて、本当に真面目な少年だった様な気がする。先生の裏庭には木瓜、水仙、牡丹、木蓮、柿、菊、石蕗など、いろいろな草木が季節の美しさを味わわせてくれた。百聞は一見に如かずで、よく見る事を先ず教えて下さったわけである。

そこに木造の、今思えば粗末な家があって、杉山岳陽先生が移り住んで来られ、正式に毎月句会をひらく事になった。私は一番下っぱなので、いつも一時間は皆さんより早く伺って、机をならべたりお茶の支度など甲斐甲斐しく働いて、それが又句会の始まる前の何か心ときめく、嬉しいひとときだった。敏さんと云うお嬢さんが居たからかも知れない。寒い時など、冬ざれた庭を硝子戸越しに見ながら、火鉢に炭を入れてきれいに火を熾す、その匂いは心温まる静けさをただよわせてくれたものである。

話は秩父の皇鈴山の吟行会に戻るが、山深い日の光りが澄む空気は何とも云えない爽やかな味わいで、一行は勿論、秋櫻子先生をはじめ、地元の伊昔紅師を先頭に、牛山一庭人、杉山岳陽、藤田湘子、能村登四郎、殿村菟絲子、馬場移公子ほか、同人の先生達がぞろぞろ。山の上で、秩父音頭の踊りを見せて頂いたが、伊昔紅先生がわざと、とぼけた感じで唄いながら、身振り手振りおかしく踊られたのが、今でも目に残っている。

その時、はじめて、馬場移公子さんをお見かけして、血が逆流するほどびっくりした。何て美しい方なんだろう、秩父の山で、草木の深々と茂る自然の中で。もっとも恥かしいから少し離れて、吉良先生の陰からそっと拝見したわけだが、此の山の中に、こんなお美しい方が、その胸の衝撃は俳句どころではなくなってしまった。美は内から出づと云う。きっとお心の素晴らしい、品位溢るるお方なんだろう。家に帰っても忘れられない、毎月馬酔木が届くと、先ず移公子さまの俳句を。それは緑新しい桑の葉かげの、よごれなき白い繭の様な気さえした。古代雛の美しいおもざし、秩父の横瀬村には、ふくさ人形というわりに頭の大きい伝承芸が有るが、それにも優る美しさ、眩しくて思わず私は下俯向いてしまったものである。すぐお手紙を差し上げたら、ちゃんとお返事を戴いたが、「どうぞ佳い句を、御健吟の程を」という。その〳〵夢に見るよじや惚れよがうすい。真から惚れたら眠られぬ。一言もお話出来ぬまま、本年二月十七日に帰らぬ人となってしまった。何とも残念でならない。しかも、俳句は十七文字。秋櫻子先生は、七月十七日。移公子さまは、二月十七日、私もぜひ十七日に――。

合掌

＊入船亭扇橋
一九三一年（昭和六）五月二十日生。
東京都青梅市出身の落語家。
本名・橋本光永。
「光石」の俳号を持つ。
「東京やなぎ句会」の宗匠をつとめた。

〈跋に代えて〉

馬場移公子さん、やっとお逢い出来ました

黒田杏子

二通の封書

それは遠い日のことなのです。

一度もお目にかかったことはないのですが、馬場移公子という俳人から、私は二通の封書を頂いているのでした。

第二句集『峡の雲』で第二五回俳人協会賞を受賞されたことは、協会報である「俳句文学館」に載った写真と、林翔先生の文章「秩父の佳人」などで知っていたのだと思います。

昭和六十三年（一九八八）から平成三年（一九九一）にかけて、私はＮＨＫラジオ「季節のうた」に出演、毎回、折々の植物を詠んだ秀作を挙げ、その句を鑑賞する仕事を続けておりました。現代詩のご担当は宗左近先生でした。放送は早朝の五時台。その頃から日本列島での沿岸漁業がほとんど行われなくなったため、「漁民の皆さんへ」という気象予報中心の番組が詩歌中心のこの番組に切り替ったための時間帯であるとのことでした。

毎回、晩年の父が郷里でイヤホーンを付け、放送前から待機していた姿を覚えております。句の選定は私に任されておりましたので、秋桜子・蛇笏・素十・風生・青邨・林火・楸邨・龍太・澄雄・久女・多佳子・立子・かな女・節子ほかの方々の句と共に、二度にわたって馬場移公子の句をとりあげ放送しました。

著作権などはＮＨＫの担当者が作者に連絡された筈です。残念なことに、いま移公子のどの句を鑑賞したのか憶い出すことが出来ません。

ただ放送ののち、馬場さんから頂いたお手紙の文面と心のこもった万年筆の筆跡ははっきり覚えています。

一回目のお便りに、

「私のように山国で地味な暮らしをしております者の句を、お若いあなたにお目にとめて頂き、俳壇の大家の方々の作品と同等の扱いをして頂いたことにとても恐縮しています。私の作品などはいずれみな忘れられてゆきます。あなた様はこれからのお方。どうぞますます句作に打ちこまれ、どこまでも大きく伸びていって下さい。

秩父の峡暮らしの私の手造りの品、お届けします。くれぐれもお身体お大切にお励み下さいますよう」

この手紙は千代紙を貼った菓子箱に収められたお手玉（中身が小豆でなく、たしか椎の実）五個と共に小包で届きました。私はその美しい箱をしばらく玄関に飾っておいた記憶があります。

実のところ、当時私は馬場移公子という作家のことをほとんど知らないのでした。ただこの人が若くして戦争未亡人となられたということだけは知っていました。

第一句集『木の椅子』で突然世の中にひっぱり出され、会社員としても忙しい生活を送っていた私は、俳句文学館にはよく通っていました。小学館発行の月刊「本の窓」に毎号見開きで、ひとりの俳人をとりあげ、その代表句と生涯を中学生にも分るようにという相賀社長の注文つきで《こんにちは俳句》という連載（この連載はのちに『俳句と出会う』という単行本になり、小学館文庫にもなりました）を長く続けていたこともあり、必要に迫られ、流派を超えて興味を覚えたさまざまな作家の句集を旺盛に読み込んでいました。

おそらく馬場さんの第一句集『峡の音』もそのころ文学館で手にしたのだと思われます。

手向くるに似たりひとりの手花火は
亡き兵の妻の名負ふも雁の頃
寂寞と蔵片付くる日の盛り

この三句はノートに書き写し、暗記していました。言いかえれば、この三句を通して、私は自分のこころの内に、未見の馬場移公子という作家への強い連帯感と親近感を育てていたのです。逢わなくとも逢っている。そんな心地になっていました。

○どこにもまぜもののない俳句

○あきのこない真清水のような俳句
○自己顕示と無縁の丈高い俳句
いつの日か自分もこういう俳句を作れるようになりたいと希っていました。

ゆくりなくもＮＨＫのラジオ出演という機会を得て、ぜひこの作者の句をとりあげたいと思ったのでした。そうです。私は橋閒石さんの句もたしか三句とりあげました。蛇笏賞受賞者の閒石という人の風貌を受賞式で一度だけ遠くの座席から仰ぎ見ていました。

鷺草や天の扉の閉まりし音　　橋閒石

この句の放送ののち、閒石先生から句集『和栲《にぎたえ》』を賜りました。和紙の謹呈票に雅趣のある薄墨の文字。

閒石とご署名のある余寒かな　　杏子

句会に投じたこの句を尊敬する兄弟子古舘曹人さんに大層賞めて頂き、第三句集『一木一草』にも収めました。最後の放送のあと、閒石先生のご家族の方から日曜日の朝お電話。

「たびたびＮＨＫの放送で作品を鑑賞して頂いて感謝しております。いま病床にあり、おはがきもお出し出来ません。お礼の気持を本人に代って、家族の者がお伝え申しあげます」

足かけ四年にわたったこの仕事で、私は橋閒石先生と馬場移公子さんの句集を読みこんで、好きな句を鑑賞させて頂きました。先達お二人からお手紙や句集を頂いたことはかけ出し俳人の私にとって何にもまさる励ましであり、三十歳を目前にして俳句の世界に立ち戻れた人生をしみじみ嬉しくありがたく思ったことでした。

山口青邨門下であることに誇りをもち、作品の鑑賞や批評にあたっては流派を超えて、ひろくすぐれた作品に接し、積極的に自分の眼と心を養ってゆくことの重要性とその恵みをこの仕事を通して実感できたことも実にありがたいことでした。

くり返しますが、私は馬場さんから、間違いなく二通の封書を頂いております。私のぴったり二十歳上。この二通の手紙の文面から、私は未見の馬場移公子という女性の大きく深く、率直かつつつしみ深く豊かな人間性を感じとっていました。気が付けばこの人は、後に私が親交を得た社会学者の鶴見和子さんや画家の堀文子さんと同じ大正七年（一九一八）生れ。三人に共通するのは人間の器量の大きさです。一度も逢っていなくとも、手書きの手紙というものは逢う以上にその人のすべてを伝えてくれます。お返事として、私も二通の手紙を秩父の馬場さんに宛てて書きましたが、とても気持ちよく、のびのびとたのしく書けたことをいまでも思い出すことが出来ます。この手紙の往復は馬場さんの六十九歳から七十二歳の頃。私は二十歳下ですから四十九歳から五十二歳の頃であったことは確かです。

二十世紀の女流俳句を集成

そしてまた刻《とき》が流れました。

立風書房の宗田安正さんの企画による『女流俳句集成』全一巻が刊行されました。編者は宇多喜代子と黒田杏子。〈明治・大正・昭和・平成の八十一作家一万二千余句〉とあるこの大冊、一九九九年四月一日第一刷発行となっています。

この本のはじめから三分の一ほどのところに馬場移公子作品が渡辺千枝子さんの抄出により掲載されています。

凡例に　＊明治から現在に至る女流俳句の展開を担った代表的俳人の主要作品二〇〇句〜一二〇〇句を原則として句集ごとに収録した。

＊収録俳人は生年順とした。

＊収録作品は自選を原則とした。故人等に関しては抄出者を明示した。

阿部みどり女から始まるこの一巻に、私は馬場移公子の収録を提案。宇多・宗田ご両人の積極的合意を得られたとき、ひそかに涙ぐむほど嬉しかったことを忘れません。わたしの眼の裏に、馬場さんのあたたかくつつましやかな書簡の文字が棲んでいました。〈私の作品などはいずれみな忘れられてゆきます……〉。

この本はたしか三刷まで版を重ね好評を得ました。金子兜太先生が「馬場移公子の作品はお前さん達のあの仕事で残った。貴重な仕事、ありがとうよ」とおっしゃって下さいましたし、何と刊行から十四年も経った今に至っても、「お手許に余部がございませんでしょうか。汚れていても構いません。図書館で手にしまして、どうしても欲しくなり、お伺い申し上げます」というような葉書や手紙が私の許に舞いこみます。すでに立風書房は学研に吸収され、存在しません。この一巻の価値は絶版となった現在、いよいよ大きいようです。ここで、僭越ながら、入手不可能となったこの本に私が書かせて頂いた〈前口上〉の一部を掲げさせて頂くことをお許し下さい。

二十一世紀の扉の前で

『女流俳句集成』をおとどけいたします。

明治・大正・昭和・平成、およそこの百年という時の流れのなかで、この国の女性たちがどのような俳句作品を蓄積してきたのか。そのありようを明快に俯瞰できる資料がほしいと考えつづけてきました。

近代俳句の歴史の中で女性作家たちの存在を、何よりもまず、作品そのものを通して眺め、作品を介して作家たちの位置づけを探ってみたい。そんな希いは、俳句に関心のある人であれば、おそらく男女、年齢の別なく抱くはずだと長らく考えていろいろ捜してみたのですが、これまでの刊行物の中には残念ながら見出すことが出来ませんでした。総合雑誌による女流特集とか、女性俳句をテーマにしたムック形式などのものはたびたび企画され、実現して、それぞれの需要を満たしてきたと想定されます。しかし、不思議なことに三代（平成を加えれば四代）にわたる女性の俳句作者のアンソロジーは何故かまとまったものがありませんでした。

ここに収録されております俳人は八十一名です。この選定には編者である宇多喜代子と黒田杏子の両名が当たりました。作者のラインナップ、この作業がこの一巻の存在理由を決定するもので、当然のことながら、一番大変なことでした。時間を惜しまず何度も検討を重ねました。各自収集のデータをもとに、忌憚のない意見を述べ合い、決定に至りました（私どもの依頼に対し作品の提出・掲載を辞退された方もおられます）。

女性の作者が急増しているという現状の中で、たった八十一名しか登場しないのは不満だと感じられる方もおられるでしょう。あの作家が落ちていると異議を唱える方もおられるでしょう。

私ども編者ふたり、十分な討議と検討を尽くした末に決断をいたしました。その責任は全面的に負います。

すくなくとも、ここに登場、収録された作家達の存在理由、歴史的価値はこの一巻を手にし、繙かれるどなたの眼にも明白であると確信いたしております。流派・師系・協会などもろもろの結界を超越して、真に眼を通すべき作品というもの、読んでおくべき作家というものに、この一巻の集成を通して、存分に対面していただきたい。さらに、未知の作者・作品との劇的な遭遇を果たしていただくことも選者の希いです。

八十一名の中には、これまでめったに読むことの出来なかった作者と作品も含まれております。その点でも貴重な集成です。ご精読を期待いたしております。

なお、選者の作品は掲載すべきではないという結論に達しましたので、収録されておりません。

作家の選定には私ども両名が最終的に責任を負うことをすでに申し述べましたが、それぞれの作家の作品の抄出もなかなか時間を要する作業となりました。現存の方には自選をお願いいたしましたが、故人の方、また病中などでそのことが叶わない作者の場合、その抄出者としてもっともふさわしいとおもわれる作家を挙げ、交渉の上、貴重な時間を傾けて選句抄出の作業に当たって頂いております。

この『女流俳句集成』一巻が、女性俳句の二十世紀を伝える未来へのこよなき遺産として、老若男女を問わず、多くの日本人、さらには俳句を愛する世界の人々の手によって繙かれることを希い、信じ、期待しております。

＊

振返ってみれば、この一冊の編集、作成会議は毎回、当時私の勤めておりました広告会社博報堂旧本社（神田錦町）ビルで行われたのでした。宇多さんは大阪よりたびたび上京され、私は理解ある会社の特別会議室（応接室）で、ウィークデーに宗田・宇多のお二人を待って、作業をじっくりとすすめたこともいまは懐かしい思い出となりました。

そののちも馬場移公子作品は収録されています。

歌人の馬場あき子さんの紹介で、東京堂出版の上田京子さんより『現代俳句の鑑賞事典』の監修を依頼されました。すでに版を重ねている『現代短歌の鑑賞事典』の姉妹篇とのこと。私はただちに宇多さんを推薦。二人が監修者となり、編集委員に寺井谷子・西村和子・山下知津子さん以下十二名の女性俳人を指名。二〇一〇年四月二十日に初版印刷。現在も版を重ねており、こちらは現在、どなたでも入手出来ます。

この事典は男女さまざまな現代俳人一五九人を収録。多彩な個性・語彙・文体を持つ俳人それぞれに魅力ある一句鑑賞と簡潔な俳人論を編集委員が分担執筆。自選を原則とし、故人は他選による三十句を収めています。

この人選をめぐっては監修者と編集委員合わせて十四名が一堂に会して、何度か白熱した討議を重ねましたが、激戦を突破、この事典にも馬場移公子さんは収録されています。故人である馬場さんの章を担当されたのは櫂未知子編集委員。この折に櫂さんは馬場移公子の生涯と作品に深く心を寄せられたようです。私は櫂さんに秩父皆野町の金子千侍先生をお訪ねすること、うなぎの吉見屋に資料がどっさりあることをお教えしています。おそらく、櫂さんはこの中嶋鬼谷さんの労作を土台に、独自の「馬場移公子ものがたり」に取り組まれる。それを私は期待しています。

秩父への道

ところで、ご縁というものは予期しないところからも生まれてくるものなのですね。

朝日カルチャーセンター（新宿）で、私は二十年もの長期にわたって、「金子兜太vs黒田杏子の一日集中講座」の講師を兜太先生とごく近年まで続けてきていました。この講座にずっと参加してこられた白水社の和気元さんから「金子先生と黒田さんの本が作れませんか」と言われ、とっさに『金子兜太の長生き歳時記』はいかが、と答えていました。その話が現実のものとなり、私が先生に何回かインタビュー。俳人以外の方達にも読んで頂けることを希って私がまとめたのが

『金子兜太養生訓』でした。この本は版を重ね、新訂本も出て、元気印の兜太先生が広く世間に印象づけられるきっかけとなり、さらには私が兜太先生の産土の地、三十四観音札所のある秩父に近づく重要なきっかけともなりました。

話は変りますが、私の四十代後半には、瀬戸内寂聴先生の発心・命名により、寂庵嵯峨野僧伽《サガノサンガ》での「あんず句会」がスタート。この句座を起点に「西国三十三観音巡拝吟行」「四国八十八ヶ所遍路吟行」が企画実施され、「坂東三十三観音巡拝吟行」と合わせて、すべて満行となりました。しかし、日本百観音の結願には「秩父三十四観音巡拝」を満行しなければなりません。この吟行会はすべて結社「藍生《あおい》」のロングランの〈行〉であり勉強会でもありました。ここまできたら「百観音結願」をめざし、「秩父」も巡拝しようということになりました。まず結社の有志で下見の秩父行を決め、秩父ご出身の兜太先生にアドヴァイスを頂くことになりました。先生のご指示は迅速です。

「まず、皆野町椋《むく》神社前の味噌屋、山武《やまぶ》商店の新井社長を訪ねて会うこと。つぎに皆野駅前のうなぎ屋「吉見屋」の主、塩谷容《しおのやよう》を訪ね、うなぎを喰って、いろいろと相談すること」。そしてそれぞれの電話番号を教えて下さいました。さらに、「いま教えた人の名前と店の名、電話番号を直ちにしっかりあんたの手帳に書き込んでおきなさい」と。ご指示に従い、秩父市在住の会員井上英子さん。朝日俳壇で兜太選の多い米穀商の浅賀信太郎さん（父上は伊昔紅門の七人の侍の一人）。このおふたりを先達に、わが「藍生」の斥候隊が十二月はじめの凍るように寒い日に秩父入りを果たしました。

日本百観音結願寺三十四番水潜寺では、

曼珠沙華どれも腹出し秩父の子　　兜太

の句碑の前で記念撮影。吉見屋でたっぷりのうなぎ定食を頂き、秩父市に一泊して、巡拝吟行の計画を練りました。翌日は山武の味噌工場を見学、椋神社に参拝。山武さんのお座敷で句会もさせて頂き、一同すっかり秩父になじんでしまいました。

西国・坂東・四国、いずれも広大な地域にその観音霊場と札所は分布していました。

一方、秩父の札所は埼玉県内の秩父地方というごく限定された地域に三十四ヶ寺が点在しています。

そこで、これまでの一回一ヶ寺、各自現地集合・現地解散・三句出句の句会一回というやり方（この方法では満行までにいずれも八年余を要しました）を大きく改め、第一日目は午後一時西武秩父駅前集合。バスに分乗して一泊二日の巡拝。句会は二日ありますから一回五句、合わせて十句出句。二日の行程で毎回数ヶ寺を巡拝することとして、およそ三年での満行をめざしました。

私はこの三年間、十二回ほどの秩父行を、毎回必ず、兜太先生おすすめの長瀞「長生館《ちょうせいかん》」に前泊。当日は早めに出て、お昼をゆっくりと吉見屋で。そののち西武秩父駅前の集合場所に合流。

バスに乗って巡拝。その日は皆と共に農園ホテル泊。会食晩さんののち句会。翌日も朝からバスで巡拝、午後一時〆切の句会をつとめて四時前に散会。このスケジュールを貫徹。三・一一大震災（平成二十三年）直後、一回だけの延期はありましたが、二十四年（二〇一二）四月八日、無事に「日本百観音巡拝吟行」結願となりました。

資料の宝庫「吉見屋」

この三年間、かなりの時間をとって、吉見屋に行くたびに、私は兜太先生のお父上であり、馬場移公子さんの師、金子伊昔紅先生ゆかりの資料をつぶさに拝見する機会に恵まれ、私の秩父体験は予想をはるかに越える実に豊かなものとなりました。

吉見屋の現当主塩谷容さんは、伊昔紅門下「七人の侍」のリーダー格の、「鶴」同人塩谷孝《こう》氏のご子息です。

私が訪ねるたびに、伊昔紅先生が句座をひらかれた別館の特別の間に昼食の席を設けて下さり、「先生、こんなものもあるんですよ。見てやってください」と伊昔紅関係のあらゆる資料をどこからか運んできてはじっくりと見せて下さるのです。

床の間には夫人の倫子《みちこ》さんの見事な生花。床の間には、

往診の靴の先なる栗拾ふ　伊昔紅

ほれぼれするような軸が掛け流してあります。

そして、毎回必ず嬉しそうな表情で、同じことを言われるのです。

「先生、おやじがね、金子兜太はいまに必ず日本の俳壇に頭角を現す。記念館が作られるだろう。そうなれば伊昔紅先生の生涯、生き方も必ず関心の的になる。伊昔紅先生の遺されたものは、例え反故でも、またメモ用紙一枚であっても捨ててはならない。もちろん、旅先から私に宛てて下さった絵はがきや封書はすべてファイルしてあるから、大事に扱うように。ガリ版刷りの「雁坂」や句会の記録もすべて保存すること。色紙や短冊、そんなもんは当然。これがこの家を継いだ私に対するおやじの厳命なんです。私は全く俳句はやりませんが、おやじは俳句が命だった人ですから。その命令には百パーセント従って、一切手抜きしないことにしてるんです」

「そうだ。先生、おやじ、塩谷孝の『陣中日記』もらって頂けますか。句集じゃないんです。兄貴の塩谷雄《ゆう》、長男ですよ。この兄が出版のために働いて、発行人は私となっています。いま持ってきます」

函入り、手織紬布装の立派な造本。その「まえがき」を読んで、不覚にも涙をこぼしてしまいました。この父にしてこの子等あり。秩父びとのたましいに触れることが出来ます。

塩谷孝さんは馬場移公子さんと句仲間。伊昔紅先生を囲んだ秩父の俳人たちの人間性と高い志にじかに触れた心地がしました。

まえがき

昭和十八年十一月、三十二歳の私に赤紙（召集令状）が来て、妻に雄、容、修、倭子の四児を托して、中支戦線の野戦重砲兵第十五連隊に召集されました。

千二百年もの昔、武蔵国秩父郡《ごおり》から筑紫の水域に防人として召された大伴部小歳《おおともべのおとし》が詠んだ、「大王《おおきみ》の命《みこと》畏み愛《うつく》しけ　真子《まこ》が手離《てはな》り島傳ひ行く」（万葉集巻二十）の感懐を以て、「昭和の防人」たる己がこれからの行動を、せめて子等にだけでも伝えたいものとの念願から、手持ちの手帳に日々を記録することを思い立ちました。

戦死して遺骨になって還える場合、白木の遺骨箱の隙間に入る位のものなら、遺品として遺骨と共に家に届くとの古参兵の言葉を信じて、戦闘の激しい中でも何かと書き綴りました。戦況が苛烈になった昭和二十年五月、内地部隊転属の加茂准将から「内地に着いてから郵送してやるが何かあるか」と言われ、咄嗟のこととて手紙を書く間もあらず、ポケットの手帳を封筒に収め、宛名は必着を期して加茂准将の戦友浅見晴政氏としたうえ、御厚情を謝しつつ委託しました。その後、無事留守宅に届きましたのが、この陣中日記です。

かかる事情で、これは元々遺書の心算で書き留めたもので、出版など全く思いも及ばぬことでしたが、この度、静岡の裁判所長を最後に定年退官した長男の強い勧めもあって、既に半世紀以上も時が流れて、戦争を知らぬ人、これを読んで当時の思いを新たにする人もあらんかと考え、出版に踏みきりました。

今更かかる文章をもって、お目を煩わしますことは、真に忸怩たるものがありますが、ご一覧下さらば幸甚に存知ます。

平成十一年　米寿孟春

塩谷　孝

余談ですが、雄さんと容さんの奥さんは、塩谷孝さんの上官であった方が、孝さんの人柄にほれこみ、ご自分の郷里、福島の娘さんたちをそれぞれのお相手に推薦、めでたく結婚をされたとのことでした。

吉見屋の奥さん、つまり倫子さんが、容さんとともに、伊昔紅先生を敬い、その資料の管理保存にも情熱を注いでおられる理由が時間の経過とともに私にもよく理解出来てきたのでした。

そしてついに「よろこびの日」がきました。ふっと思いついてたずねてみたのです。

「お宅には馬場移公子さんのお写真、何でもいいんですけどありませんか。すばらしく美しい方だったと有名な俳人の……」

私の言葉が終らないうちに、白衣を着たうなぎ屋の主人は〈すっ飛び駕籠〉よろしくどこかに消え、ぶ厚いアルバムと写真の束を抱えて再登場。座卓の上に並べたアルバム。

「見て下さい。いっぱいありますよ。移公子さんは写真に撮られるのが嫌いで、すぐ横を向いてしまったり、シャッターが切られる前に、着物の袖で顔を隠したりとか……。でも大体いつも伊昔紅先生のお隣に坐ってます。秩父での集まりにはよく出ておられたんですから。本当にきれいな人だったから、秩父の俳人は移公子さんのこと、みんなよく覚えていますよ。もっと別の写真もある筈ですから、こんどよく調べておきます」

私は数冊のアルバムをめくって、カラーのスナップ写真をつぎつぎに見つめてゆきました。

「この方が私にあのお手紙を下さったのだ」と思いながら、夢の中を歩いているような心地でたおやかな和服姿の女性のたのしそうな表情を追ってゆきました。

この日まで、私は馬場移公子という作家の写真はモノクロームの顔写真一点きり見たことがありませんでした。

「秩父巡拝吟行」を発心、続行してきたからこそ、こんな日にもめぐり合えたのだと思い、秩父に行くなら、ともかく吉見屋と山武味噌屋を訪ねよとご指示下さった大先達兜太先生とのご縁にあらためて感謝したことでした。

「忍ぶ」という日本語

ところで、このすばらしい大冊をまとめ上げられた中嶋鬼谷さんと私がご縁を得たのは、それほど昔ではありません。

第四句集『花下草上』までの作品をまとめた、菊地信義設計・デザインの『黒田杏子句集成』をお届けしたところ、実にお心のこもった読後感をお送り下さったのです。試行錯誤をくり返しつつ第五句集『日光月光』に向かってあえぎ進む私の道程に光が差しこんだ想いでした。

「藍生」に掲載させて頂き、向島百花園で二十年ほども毎月重ねてきております私達の小句会にもゲスト参加をお願いし、「藍生」のメンバーに気合を入れて頂いたりしてきました。

ある日、「馬場移公子のことを書いてみようと思っています」とお電話。

「いいですねえ。期待します。ともかく秩父鉄道皆野駅前のうなぎの吉見屋さんに行って下さい。資料いっぱい。文字通り宝の山です。ご主人に今日さっそくお電話しておきますからぜひ」

鬼谷さんは秩父のお生まれ。加藤楸邨に師事。秩父事件の研究家でもあり、評伝『井上伝蔵とその時代』などの著書のある方。

やがて、「馬場移公子研究」なる小冊子が続々と送られてきて、鬼谷さんのこの仕事に賭ける情熱と筆力に圧倒されつづけてきました。そして、ある日、どーんと届いたのが第一稿。特製の美しい紙函に収められた原稿のタイトル『峡に忍ぶ』を眼にして、唸ってしまいました。

馬場移公子という作家にこそ、この「忍ぶ」という日本語はふさわしい。馬場移公子的生き方とこころ即ち「忍ぶ」なのですから心憎いことです。

憶いだします。NHKテレビで一世風靡の人。名物郷土料理研究家にして人形作家の故阿部なをさんと、現在尚、いよいよご活躍の画家の堀文子さん。私はこのおふたりととても親しくさせて頂いていた時期がありました。「三角の会」と名付けて揃って歌舞伎を観たり、旅行をしたり。お能もよく観ました。阿部さんのお店、上野の「北畔」でメニューにはないスペシャルご膳を頂き、酒豪の堀さんと長時間酌み交したことも。阿部さんのご主人は画家の阿部合成。太宰治の盟友。みんな津軽出身者。ご子息は人形を中心とする高名なアーティスト阿部和唐さん。なを先生の文学論は大変なものでしたし、阿部・堀の時局批判など、まるごと本にできたらと何度も私の思うほど鋭く、ユーモアにあふれ、かつ痛快なものでした。おふたりの共通点は超美人。それぞれの専門分野で余人の及ばぬ仕事をすすめられつつ、女性誌のグラビアなどにもしばしば登場、自在に生ききっておられるように私には見えておりました。

麗しきこの両女傑が、あるとき、「私たちは忍ぶという生き方を母親から教えられ、仕込まれてきましたねえ。いまの人達には全く通用しない言葉になっていますけれど……」と堀さん。

「でもね、忍ぶってことは、本来の自分を深く生きることなんですよ。この美学は、つまり人生哲学はこれからも大切にすべきだと私は思うんです。着る物、持ち物、お人との対し方。つまりこの世を生きてゆく人間のあり様の心棒じゃないかしら」と阿部さん。黒い瞳が輝いています。洋装と和装の違いこそあれ、どこに出かけられてもその場の衆目を集めてしまう美女おふたり。金輪際人に甘えたり、迎合したりはしない独自の生き方を貫いてこられた人生の大先達。眼を丸くして聴き入っていた私に、阿部さん「あなたが八十になったところを見たいわ。大物になる筈。でもねえ、残念だけど、それだけの余命はもう私には無いナ。あなた人生の道を踏み迷わないで、まっすぐ王道を行ってね。女の武士道をって言った方がいいかなあ。アハハハハ」

これはまだ私が会社員で、つまり五十代半ばであった頃のなんと二十年近くも昔のある日の「三角の会」での会話なのでした。

＊

最後に、この大冊の見所、即ち値打ちを列挙したいと思います。

①いまこそ私達が学ぶべき、馬場移公子の遺した二冊の句集がここに完全収録されている。

②「俳句結社」が人間を支え、生かし、育てる場であったよき時代を知り学ぶことが出来る。

③秩父という日本列島の中のひとつの地方の文化と風土と歴史。その地に生まれ暮らす人々の

人間性の深さと豊かさを知る。これ即ち、日本の「地方」の蔵するすばらしさの一例であり、その典型を知る。

④ある一人の一地方俳人であった日本の女性の年譜（生涯）がこれほど愛情をこめて調査され、過不足なく正確に記録された例はない。その稀有のケースをここに発見。

⑤金子伊昔紅という破格のスケールをもつ秩父人の真の研究はここからスタート。その長子金子兜太、移公子を看取られた次男金子千侍の研究も伊昔紅研究の上により確かに豊かなものになる。

＊

そして最後の最後にひと言。

馬場移公子さんは、ゆくりなくも秩父高校の後輩中嶋鬼谷さんの情熱と行動、その筆力によって、例えば亡くなるその年まで、戦死されたご夫君の命日にはひとり必ずお墓にお詣りされていたという事実に至るまで、この本によりすべて明らかにされました。俳句によって生き存《ながら》えた馬場移公子。ひっそりと峡に忍んで生を全うされた俳人の真骨頂を思います。

この大冊に深く合掌いたします。

資料集

歳時記所収の移公子の俳句

『俳句歳時記』（**平凡社**）

【編集委員】

飯田蛇笏・富安風生・山口青邨・水原秋桜子
大野林火・井本農一・山本健吉

一九五九年十二月二十五日　初版第一刷発行
二〇〇〇年三月二十四日　新装版第一刷発行
二〇一二年十二月二十日　新装第二版第一刷発行

春　飯田蛇笏―編

母いますまどゐに遠く花疲れ
子は母の影に入りては麦を踏む
茶づくりの香にむせぶまで寄りて見つ
春祭あはれ白痴の粧ふも
うぐひすや坂また坂に息みだれ
囀れり電柱樺に立ち紛れ
木瓜紅し支へてなほも家古りぬ
ぬぎすてし足袋をさがすや藤の雨

夏　富安風生―編

籠りをり麦秋の風椎樫に
口衝いて出る方言も喜雨の中
籐椅子に母はながくも居たまはず
汗の荷に財布覗かせ農婦の旅

氷菓売野の寂しさに鐘鳴らす
夜鷹鳴き湖の彼方の灯に執す
百足虫殺すにも女らの声あげて
蛇目傘など世に廃れつつ柘榴咲く
白日の額の藍こそ淡々し
百合咲く香胸奥つかれゐて厭ふ

秋　水原秋桜子―編

畑隅の桑の売れたる九月尽
露けさに犬の孤独を立ち目守る
山畑の高きに励み文化の日
流燈の巌によるとき滝白し
一人出てうしろさみしき遠花火
癒えし母へ家計簿かへす秋袷
霊棚を結ふにも力つくすなり
迎火や足昏れて過ぐ一農婦

一書より叱咤湧く日や秋の蟬

冬　山口青邨―編

もてなすや短日結はぬ髪を愧ぢ
道すがら貰ひし青菜日脚伸ぶ
いまを倖せ踏みしめ下る冬日の坂
足袋継ぐや祖母ありし日につながりて
寒雀風邪寝の額に寄るごとし
茶が咲けり寂しさに土つぶやくも
室咲きや睫毛にもいま綿ぼこり
渓の日に冬菜洗ひの落合ふも

新年　大野林火―編

抜けがての咳抱きつゝ去年今年

＊移公子の歳時記掲載句は以上の三十三句。この歳時記の編集時点では、第一句集『峡の音』は刊行されていない。俳句は全て「馬酔木」誌から採られている。

馬場移公子年譜

大正七年（一九一八）

十二月十五日、埼玉県秩父郡樋口村辻（現長瀞町野《の》上《がみ》下《しも》郷《ごう》）に生まれる。

本名新井マサ子。父新井惣三郎、母コウの長女。生家は蚕種屋を営む旧家。屋号は「たねや」。

大正十四年（一九二五） 七歳

四月、樋口尋常高等小学校（現・長瀞町立長瀞第二小学校）入学。

昭和四年（一九二九） 十一歳

三月、馬場正一、熊谷中学（旧制）卒。

昭和六年（一九三一） 十三歳

三月、樋口尋常高等小学校卒業。

四月、埼玉県立秩父高等女学校（修業年限四年、定員一学年百人）入学。

昭和八年（一九三三） 十五歳

三月、馬場正一、早稲田大学商学部卒。のち、東西電球株式会社大阪支店長等を歴任。

昭和十年（一九三五） 十七歳

三月、埼玉県立秩父高等女学校卒業。第五回卒業生。卒業人員五十九人。

昭和十五年（一九四〇） 二十二歳

一月、大麻生村（現熊谷市大麻生）の馬場正一と結婚。東京會舘で挙式。東京大井町に住む。

昭和十六年（一九四一） 二十三歳

三月、祖父定三郎没、享年七十六。

昭和十八年（一九四三）　二十五歳

九月二十七日、馬場正一出征。三年八ヶ月の結婚生活ここに終わる。

昭和十九年（一九四四）　二十六歳

一月二十六日、夫正一、中国河北省張家荘で戦死、享年三十二。移公子は実家に戻り家業に従事。

昭和二十年（一九四五）　二十七歳

一月、祖母クマ没、享年七十六。

　慈愛院明圓順昌大姉

八月十五日、敗戦。

昭和二十一年（一九四六）　二十八歳

一月十二日、父惣三郎没、享年五十三。

　清光院惣持明安居士

病後のつれづれに俳句を作って投句していた地方新聞社から、句会の通知を受けて、出かける。句会の帰りに、金子伊昔紅（兜太の父）が句誌「雁坂」を出していることを知る。この次の日曜日には石塚友二という先生を迎えるので、出席するよう勧められる。

五月、初めて壺春堂医院に伊昔紅を訪ねる。この日から俳句に邁進することになる。会員には、新聞の選者だった城一佛子こと渡辺浮美竹や、村田柿公、潮夜荒（塩谷孝）、黒沢宗三郎、岡紅梓など、馬酔木の青春時代を伊昔紅と共に過ごした人達と、もと「鶴」の同人だった江原草顆、浅賀爽吉らが居並んでいた。この七人は「七人の侍」を自称していた。

この年の秋、秋桜子の一行を皆野に迎える。雁坂俳句会、益々盛んになる。

やがて、移公子は伊昔紅の勧めで「馬酔木」に投句を始める。初入選は昭和二十一年（一九四六）十月号の次の一句。

　岩襞にすがれる草も月あかり

昭和二十二年（一九四七）　二十九歳

十二月、弟英男がソ連タタール州エラブカ将校収容所から復員。

昭和二十三年（一九四八）　三十歳

六月、皆野町周辺の峠を歩く伊昔紅一行の吟行に参加。男衆四人の中の紅一点。伊昔紅の『雁坂随想』に、「ただ一人の足弱移公子さんが心配であるが……」などの記述も見えるが、無事にコースを踏破。

七月、新井家に復籍。

昭和二十四年（一九四九）　三十一歳

「馬酔木」三月号で**初巻頭**となる。二席は林翔、三席は藤田湘子。

なぐさまぬ心かくすや爪を指し

北風に吹かれて影を貧しくす

夜の枯野つまづきてより怯えけり

前山の日々に伐られて梅咲きぬ

うぐひすや坂また坂に息みだれ

昭和二十五年（一九五〇）　三十二歳

昭和二十五年度「馬酔木新人賞」受賞。

及ばねど畑に手を貸す菊の日々

一日臥し枯野の音を聴きつくす

春眠のひとときあてし手のしびれ

いろすでに草にまぎれず実梅落つ

残りたる田畑を守りて十三夜

などの十七句。同時受賞者は竹中九十九樹、殿村菟絲子、岩崎富美子。

夏、草津へ旅。

秋、大島へ旅。

この年秋、馬酔木婦人句会の人々を長瀞に招く。殿村菟絲子が移公子の家に二泊する。

昭和二十六年（一九五一）　三十三歳

一月号より「馬酔木」同人となる。

一月、藤田湘子の案内で、波郷を江東区北砂町の自宅に訪ねる。

躓きて見る焼後の時雨星

見ゆるまで病む寒燈をかへりみつ

「馬酔木」四月号は「三十周年記念号」となり、俳句・評論の募集がなされた。入選は岳陽、湘子、登四郎。移公子は佳作十人の内の一席となる。

九月二十三日、秋桜子一行を迎え、皇鈴山吟行。杉山岳陽、藤田湘子、能村登四郎、殿村菟絲子など参加。山頂で伊昔紅、移公子ら秩父音頭を踊り歓迎。

十一月十一日（日）、波郷は秋桜子邸で秋桜子、移公子、菟絲子の写真を撮る。この写真は「馬酔木」昭和二十七年一月号のグラビアに載った。

昭和二十七年（一九五二） 三十四歳

春、母コウ病む。

昭和二十九年（一九五四） 三十六歳

六月十二・十三日、奥秩父の小倉沢鉱山へ吟行。この旅でも男衆に混じって参加したただ一人の女性は移公子だった。

昭和三十一年（一九五六） 三十八歳

九月、「夕暮山荘句会」に参加。「夕暮山荘」とは、歌人の前田夕暮が暮らした奥秩父入川谷の山荘のこと。

八月、伊昔紅の「雁坂」休刊。以後、復刊なし。

昭和三十二年（一九五七） 三十九歳

七月十三・十四日、「鶴」の人々と三峯山に遊ぶ。波郷、友二、康治、夏風、爽吉、菟絲子、潮夜荒、清、浮美竹、舟遊子、伊昔紅、移公子など。

人とゐて谿あたらしき青胡桃

八月十五・十六日、波郷は妻あき子、長女温子、村上巌画伯を伴い長瀞に遊び、流燈を見る。移公子参会。

九月十三日より三日間、修善寺温泉における馬酔木第五回鍛錬会に参加。

昭和三十三年（一九五八） **四十歳**

一月、**第一句集『峡の音』上梓。**「序」秋桜子、「跋」波郷。

昭和三十四年（一九五九） **四十一歳**

八月、波郷、長瀞の流燈を見に来る。

十一月十七日、波郷一行と八塩鉱泉に遊ぶ。移公子、舟遊子、内田まきを、無冠子、時彦など。

初夏、万座へ旅。

夏、多摩川に花火を見にゆく。

秋、軽い結核にて入院。大里郡江南村県立小原療養所三病棟で療養。

　聴き納めるゐる峡のこゑ落葉の音

　残しゆく就中書に冬日さし

昭和三十五年（一九六〇） **四十二歳**

一月、三**十四年度「馬酔木賞」受賞。**

　前髪に磨ぐ縫針や一葉忌

　雪なき冬橇道おのれひかり出す

　猟銃音に衝かれたる虚の拡がるも

　草摘むや生ひ立ちし野に顔古び

　黴の香の帯因習を纏く如く

　恋猫の跳ぶ水闇にひかるなり

　巌壁より投げて七夕竹流す

　鉄路まづ濡れて雨来る曼珠沙華

など十九句。

「馬酔木」二月号の波郷の「谷原雑記」（連載2）に移公子についてのやや長い文章が載る。移公子に寄せる波郷の期待の程が判る。

「馬酔木」四月号に、堀口星眠の「馬場さん入院」の句載る。

　望郷の窓磨かれて野火ともる　星眠

「馬酔木」五月号に藤田湘子の「馬場さん」と題する句載る。

　萌ゆる野がひろごり遠を見て話す　湘子

四月、安中の堀口星眠の病院より帰郷。

　額に来る春暁の靄わが家なり
のち小原療養所に再入院。

「俳句」（八月号）「協会賞・結社賞特集」に写真と受賞作載る。住所は埼玉県大里郡江南村県立小原療養所三病棟。

十一月二十九日、波郷、篠田麦子と共に療養所に移公子を訪ねる。

この年、「六〇年安保闘争」。

昭和三十六年（一九六一）　四十三歳

暮に波郷夫妻に見舞われる。
　冬乾く外に出て言葉つまづくも
　われよりも師の咳ひゞき冬の沼
五月、退院。
　耕耘機ひゞく五月を隠れ臥し
八月、波郷、長瀞に遊び流燈を見る。
「馬酔木」十月号に、楠本憲吉の「馬酔木作家論」が載り、移公子の句を高く評価する。
十一月号より、移公子の句は、「風雪集」欄より「十一月集　同人作品Ⅰ」欄に載る。
　秋凪や鶏にもまざと強者の世
　秋海棠静臥固守して倦みゐたり

昭和三十七年（一九六二）　四十四歳

「馬酔木」一月号の「同人春秋」欄に「峡住まい」と題するエッセイを寄せる。一昨年の秋に結核療養所に入院したこと、途中で堀口星眠の安中の病院に転院し三ヶ月を過ごしたこと、帰郷した家には甥が生まれていたこと、その後県内の小原療養所に再入院し、一年余の療養で帰宅したこと、以後、月に一度の外来に通うようになったことなどが認められている。

三月号に「馬場移公子鑑賞――その作品を支えるもの」なる四頁にわたる力編作家論を福永耕二が書いている。

四月、咳に苦しむ。上京し「喜雨亭」（秋桜子宅）

と「忍冬亭」（波郷宅）を訪ねる。

五月、投薬の日々つづく。

六月、蚕種の仕事つづく。

七月、採種の日々つづく。

昭和三十八年（一九六三）　四十五歳

一月号に、伊昔紅のエッセイ「大きな声」載る。

四月、安中の堀口病院を訪問。

　癒えて仰ぐ白樺の花芽落葉松

六月号の「日記抄」欄に「春愁日記」を寄せる。

六月、三年ぶりに、手術後の波郷を見舞う。あき子夫人にも会う。

夏、伊昔紅の次男千侍《せんじ》帰郷し、金子病院を開業。

八月号に、伊昔紅のエッセイ「秩父ばやし」載る。

先年の原水爆世界大会の前夜祭に出演して秩父屋台囃子と秩父音頭を披露し、満場の外人客から非常な喝采を博したことなど。

初冬の頃、平林寺に遊ぶ。

昭和三十九年（一九六四）　四十六歳

一月、風邪に籠もる。

五月二十四日、宝登山神社の伊昔紅句碑除幕式。

「たらちねの母がこらふる児の種痘」

六月号の「馬酔木の顔」に伊昔紅の写真載る。

七月号に、金子伊昔紅句集『秩父ばやし』の広告載る。

八月号の『秩父ばやし』特集に、石塚友二「『秩父ばやし』のこと」、馬場移公子の「伊昔紅先生のこと」が載る。

十一月号に伊昔紅のエッセイ「秩父路の秋」載る。

冬の中津峡谷へ旅。

　信濃路へ落葉駈け抜く国境

昭和四十年（一九六五）　四十七歳

秋、栃木へ旅。

　二瀬ダム
　秋草やダム殉職碑漆黒に

昭和四十一年（一九六六）　**四十八歳**

伊昔紅先生句碑三《ママ》周年句会

たらちねの句碑の撫肩みどりさす

夏、佐渡へ旅。

花葵立ちつもたれつ流人墓

昭和四十二年（一九六七）　**四十九歳**

清　瀬

桃辛夷病む師に厚き看護りの手

冬、白根山へ旅。

冬雲に溶岩の一角起ちて吼ゆ

昭和四十三年（一九六八）　**五十歳**

春、堀口星眠が移公子の家を訪ねる。

秋、母と奥日光へ旅。

昭和四十四年（一九六九）　**五十一歳**

春、飛驒高山へ旅。同人総会に参加。その後、信州へ廻る。

朝市の雨や地べたの蕗蕨

夏、「金子伊昔紅先生、病篤し」の報来る。

切々の蟬声に和しいのち乞ふ

秋、鬼押出しへ旅。

浅間より伸び来てうろこ雲粗し

十一月二十一日、石田波郷没、享年五十六。

冬麗の昨日は遠し師の訃報

昭和四十五年（一九七〇）　**五十二歳**

二月二十八日、深大寺にて波郷の百カ日法要、納骨。

追慕の目あつめて春の雪降れる

春、叔父急逝。甥結婚。

晩秋、箱根に遊ぶ。

十一月三日、「鶴」の一行四十人、秩父札所四番金昌寺に吟行。

十一月二十一日、波郷一周忌。

深大寺にて

冬晴れの注ぎし水のひかりかな

昭和四十六年（一九七一） 五十三歳

二月九日、厳寒の日、石田あき子、牛山一庭人と共に秩父へ来る。馬場移公子の案内で札所四番金昌寺の石仏群を観る。

石仏の座す盤石の凍てにけり

春、妹入院。

「馬酔木」十月号に、野沢節子の「馬酔木女流作家について」が載る。

同号に移公子のエッセイ「師友」載る。「終戦後父が亡くなり、弟はソ連の捕虜収容所から仲々還れず、女手ばかり母を中心に頑張っていた頃で、私なりによく働き、どうしてそのように時間があったのか、今から考えると不思議な気もする」と、戦前の古い「馬酔木」を借りてノートに写したりした頃を振り返っている。

秋、伊昔紅叙勲。初冬、祝賀会を開く。

硝子戸のうちに師の眼や石蕗の花

昭和四十七年（一九七二） 五十四歳

この年、蚕種会社製造所廃止。

義妹千鶴子、交通事故にて急逝。

微傷だになき顔眠る花の下

新井家の墓誌には、「七月十七日歿　行年　三十八才」とある。貞鏡院清順妙鶴大姉

五月、妹、松岡かづ江肺癌のため没す。

病み耐へし翳もとゞめず五月の死

この妹が新井家の末子。県立秩父高等女学校第十五回卒業生（昭和十年卒）。

この年、石田あき子に次の句あり、

馬場移公子さん

重なる喪単衣の肩に耐へ得るや　あき子

（『石田あき子全句集』）

昭和四十八年（一九七三） 五十五歳

「馬酔木」四月号より六月号まで、「細雪抄」（会員投句）の選者となる。

上吉田村にて百八灯の火祭を見学。

昭和四十九年（一九七四）　五十六歳

「馬酔木」二月号に「同人名簿」あり。

①本名　新井マサ子
②生年月日　大正七年十二月十五日
③出生地　埼玉県
④馬酔木初投句　昭和二十一年十月号
⑤同人推薦の年　昭和二十六年
⑥著書（発行年）『峡の音』（昭和三十三年）
⑦職業　なし
⑧現住所　埼玉県秩父郡長瀞町野上下郷

昭和五十年（一九七五）　五十七歳

この年、欠詠多し。投句は九、十、十一月のみ。

十月二十一日、石田あき子没、享年五十九。

　涙目に滲む鶏頭あき子亡し　移公子

秋、歯を欠く。

昭和五十一年（一九七六）　五十八歳

毎月の投句回復。

一月十九日、相馬遷子没、享年六十七。

　相馬遷子先生逝く

　虚空より風花湧きて喪の日暮

　亡夫三十三回忌

　梅散るやありあり遠き戦死報

「馬酔木」八月号「特別作品誌上合評」馬場移公子・岡田貞峰・岩崎富美子。

養蚕、次第に衰退。

　先くらき蚕飼に秋の雨つづく

昭和五十二年（一九七七）　五十九歳

愛猫死す。

　恋果てて上手に死にし猫葬る

九月三十日、金子伊昔紅没、享年八十八。

　金子伊昔紅先生逝く

　師の許へ馳せゆく先を渡り鳥

「馬酔木」十二月号に「金子伊昔紅先生を悼む」を書く。
文中「合併した蚕種会社の製造所として、僅かに余命を保って来た生家も四十七年より廃止となり、同じ時に弟の家内が急逝して老母と子供の世話をしながら、不要になった蚕室の取壊しなど、後片付けに疲れ果てている私を励まして下さるおつもりか、今迄口にされなかった昔語りをされたことである」など、生家のことなども語られている。

昭和五十三年（一九七八） 六十歳

春、吉川英治記念館訪問。
「馬酔木」四月号に、エッセイ「三十周年記念号」を書く。移公子の句歴を知る上で貴重な内容。

昭和五十四年（一九七九） 六十一歳

秋、吉野に遊ぶ。

水分《みくまり》の神時雨雲振り分けし

昭和五十五年（一九八〇） 六十二歳

十二月四日、福永耕二没。享年四十二。
耕二は移公子俳句を高く評価した。

福永耕二氏を悼む

冬麗のきのふを隔て君逝きし

昭和五十六年（一九八一） 六十三歳

七月十七日、秋桜子没、享年八十八。

水原秋桜子先生逝去

はるかにて蟬こぞりをり師の訃報

昭和五十八年（一九八三） 六十五歳

五月十七日、母コウ没、享年八十八（新井家「墓誌」による）。清薫院孝善妙順大姉

母永眠

逝く母を逝かせてしまふ夕河鹿

昭和六十年（一九八五） 六十七歳

九月十五日、藤田湘子秩父に来る。長瀞七草寺を廻る。移公子同行。

九月二十七日、第二句集『峡の雲』限定三百部上梓。
冬、深大寺を訪う。

昭和六十一年（一九八六）　六十八歳

句集『峡の雲』にて第二十五回俳人協会賞受賞。春、京王プラザにて授賞式。
「俳句文学館」三月五日号に、写真と林翔氏の「秩父の佳人」の記事載る。
『峡の雲』の増刷を望む声もあったが、移公子は頑として拒否した。

「俳句研究」（八月号）に「梅雨」（九句）載る。

昭和六十二年（一九八七）　六十九歳

『俳句研究年鑑』昭和六十二年度版（出版は前年十二月）に「自選五句」初めて載る。この号以後、平成五年度版まで毎年載る。
「俳句研究」昭和六十二年七月号の波郷特集に「山毛欅峠」と題する一句鑑賞文を書く。
「馬酔木」十一月号「馬酔木女流俳人展望（二）ほんだゆき」に移公子評載る。

昭和六十四・平成元年（一九八九）　七十一歳

この年一月八日より「平成元年」となる。
移公子の生家の背後に聳える不動山の中腹に「長瀞総合射撃場」の建設、さらに、山を越えて児玉へ行く新道の建設も進んでいた。

平成二年（一九九〇）　七十二歳

「馬酔木」に毎月投句、欠詠無し。
春、大滝村中津峡谷に遊ぶ（大滝村は現在は秩父市）。

平成三年（一九九一）　七十三歳

十月二十二日、百合山羽公没、享年八十七。

百合山羽公先生を悼む
替へがたき先達消えて深む秋

平成五年（一九九三）　七十五歳

「馬酔木」九月号に、筑紫磐井氏による「古豪と新鋭と——馬酔木四〜六月同人作品鑑賞」に、次のような移公子の一句鑑賞あり。

「日をかけて咲く片栗の蔭の花

時間の経過をさりげなく一句の中に収めている点は新鮮だ。ハ行、カ行、タ行の韻を主音調に、リズミカルに十六分音符を連ねて続く調子は、山陰の静かな日溜まりの谷間を想像させる。」

「馬酔木」十二月号の五句が最終稿。

秋　　馬場移公子

落ち次ぎて夜の木の実の何を打つ

軒先に風雨をさけて小菊咲く

うべなふや白髪の増えし木の葉髪

階下にて地に近々と霜のこゑ

己が事のみにかまけて冬近き

平成六年（一九九四）　七十六歳

二月十七日、出先で倒れ、金子千侍医師の病院にて逝去。伊昔紅の家で他界したことも縁である。享年七十六（満七十五歳二ヶ月）。

「馬酔木」平成六年四月号の編集後記に逝去の知らせ載る。

「馬酔木」平成六年六月号「馬場移公子追悼特集」、総頁十四頁の大特集となった。

「俳句文学館」五月五日号に、写真と水原春郎氏による追悼文載る。

平成十年刊の『埼玉人物事典』は移公子を次のように紹介している。

ばば　いくこ　馬場移公子

大正七年十二月十五日〜平成六年二月十七日（一九一八〜一九九四）俳人。秩父生まれ。本名新井マサ子。生家は蚕種屋。昭和十五年（一九四〇）馬場正一と結婚、一時東京に住む。同十九年一月夫は戦死。生家に戻る。二十一年父を失う。この時俳句に生きる支えを求め、金子伊昔紅に師事し「馬酔木」に投句を始める。秋桜子の門下となり、後「馬酔木」同人となる。秩父の峡が運命的に結び付き、句の世界が展開した。三十三年一月波郷夫妻の支援で句集『峡の音』刊行。同六十年第二句集『峡の雲』で俳人協会賞を受賞した。享年七十五歳。「夢の中より鳴きいでて朝の雉子」。

移公子ととりわけ親しく交流していた塩谷孝《しおのやこう》氏（「鶴」同人、一時「潮夜荒」の俳号を用いた）は、句集『杖朝』（平成十五年八月刊）に、追悼句を載せている。

悼馬場移公子さん　　塩谷　孝

いのちなき唇しめす余寒の燭
貌ちさく柩の移公子冴えかへる
笹鳴の空や移公子の薄けむり
梅含む移公子亡き庭雪残る
馬場移公子四十九日の初ざくら

金子伊昔紅を中心とする地元の多くの句友はもとより、馬酔木の師友たちから深く愛された人であった。

二月十九日の葬儀には、水原家から水原春郎夫人が参列された。

［新井家墓誌］

慈照院移公純昌大姉
平成六年二月十七日歿　俗名　マサ子
行年七十六才

［馬場家墓誌］

遍照院正嶽義真居士
昭和十九年一月二十六日歿　俗名　正一
行年三十二才

参考文献

馬場移公子句集『峽の音』（竹頭社、昭和三十三年一月十五日刊）
馬場移公子句集『峽の雲』（東京美術、昭和六十年九月二十七日刊）
金子伊昔紅句集『秩父ばやし』（竹頭社、昭和三十九年五月十日刊）
金子伊昔紅著『雁坂随想』（さきたま出版会、平成六年四月三十日刊）
『水原秋櫻子全集』（講談社、昭和五十三年三月二十日〜六月三十日刊）
水原秋櫻子著『秋櫻子日記抄』（東京堂出版、昭和四十七年五月五日刊）
『石田波郷全集』（角川書店、昭和四十六年二月十五日〜昭和四十七年五月三十日刊）
村山古郷著『石田波郷伝』（角川書店、昭和四十八年五月二十日刊）
清水基吉・村山古郷編輯『石田波郷——人とその作品』（永田書房、昭和五十五年七月三十日刊）
石田修大《のぶお》著『わが父　波郷』（白水社、二〇〇〇年六月五日刊）
季題別『石田波郷全句集』（角川学芸出版、二〇〇九年十一月二十一日刊）

『石田波郷読本』（角川書店、平成十六年九月三十日刊）
石田あき子句集『見舞籠』（私家版・東京美術制作、昭和四十四年十二月十五日刊）
『石田あき子全句集』（東京美術、昭和五十二年十月二十一日刊）
金子千侍編『玉泉　金子伊昔紅を囲む人々の句集』（草韻新社、昭和五十六年九月三十日刊）
塩谷孝《しおのやこう》句集『杖朝』（私家版、平成十五年八月一日刊）
金子兜太著『俳句専念』（ちくま新書、一九九九年一月二十日刊）
『金子兜太集』全四巻（筑摩書房、平成十三〜十四年刊）
安西篤著『金子兜太』（海程新社、平成十三年五月二日刊）
片山由美子著『現代俳句女流百人』（牧羊社、平成五年九月二十日刊）
　本書は後年『〈定本〉現代俳句女流百人』（北溟社、平成十一年九月十日刊）として復刊された。馬場移公子の俳句二五句を紹介し鑑賞している。
宇多喜代子・黒田杏子編『女流俳句集成』全一巻（立風書房、一九九九年四月一日刊）
　馬場移公子の俳句一五〇句を渡辺千枝子が抄出。短い経歴を付す。第二句集『峡の雲』以後の一〇句も収録。
宇多喜代子・黒田杏子監修『現代俳句の鑑賞事典』（東京堂出版、二〇一〇年五月十日刊）
　馬場移公子の一句鑑賞、作家紹介、秀句三十句選を櫂未知子が担当している。

『藤田湘子全句集』（角川書店、平成二十一年四月十五日刊）
『宮沢賢治全集　3』（ちくま文庫、二〇一二年六月十五日、第一六刷）
三木清著『人生論ノート』（新潮文庫、平成二十三年十月五日、一〇五刷改版）
「馬酔木」（昭和二十一年〜平成六年）
「俳句研究」（昭和六十一年八月号）
「俳句」（昭和三十五年八月号）
『俳句研究年鑑』（昭和六十二年度版〜平成五年度版）
「俳句文学館」（昭和六十一年三月五日、第一七九号）「顔」欄「秩父の佳人」林翔
「俳句文学館」（平成六年五月五日、第二七七号）「馬場移公子さん追悼」水原春郎
『埼玉県秩父郡誌』（株式会社　名著出版）
　本書は、大正十三年秩父郡教育会編纂により刊行されたものを原本として、昭和四十七年に復刻された。
『埼玉人物事典』（埼玉県教育委員会・埼玉県立文書館、平成十年二月二十五日刊）
小野文雄著『埼玉県の歴史』（山川出版社、昭和四十六年一月十五日刊）
斎藤廣一著『秩父の文学紀行』（養神書院、昭和四十九年八月二十八日刊）
井上善治郎著『まゆの国』（埼玉新聞社、昭和五十二年四月三十日刊）

浅見清一郎著『秩父　祭と民間信仰』（有峰書店、昭和四十五年九月二十日刊）
栃原嗣雄著『秩父の唄　秩父山村民俗　Ⅱ』（ちちの木の会、昭和五十年七月十五日刊）
井上光三郎著『機織唄の女たち　聞き書き秩父銘仙史』（東京書籍、昭和五十五年十月一日刊）
井上光三郎著『望郷秩父機織唄』（松山書房、一九八九年六月十日刊）
埼玉県立秩父高等学校同窓会編『同窓会会員名簿』（平成九年十一月二十日刊）
平凡社版『俳句歳時記』は昭和三十四年に初版発行。未だ移公子の句集の出る前の編集だが、例句に移公子の三十三句を収録している。

峡に忍ぶ——エピローグ

一　峡のほとり

さはやかに
半月かゝる　薄明の
秩父の峡のかへりみちかな　　　宮沢賢治（歌稿　大正五年七月）

鳳仙花
実をはぢきつゝ行きたれど
峡のながれの碧くかなしも　　　同

秩父鉄道が熊谷駅から秩父駅まで開通した二年後の大正五年（一九一六）、宮沢賢治は盛岡高等農学校農科二部二年生の長瀞方面地質学調査旅行に加わって秩父を訪れた。右はその折の二首。前者には「小鹿野」、後者には「荒川」の題がある。二十歳の賢治の若々しい感性のとらえた秩父の景である。峡をゆく水の碧、半月のかかる薄明の峡……。二首共に「峡」の語があるように、秩父は峡の国である。

それからさらに二年あまり後の大正七年師走、馬場移公子（新井マサ子）はこの碧い峡の流れのほとり、薄明の光の美しい秩父の峡に生まれた。移公子が生まれた頃、新井家は祖父新井定三郎の蚕種製造家としての実績により、郡内外にその名を知られる家となっていた。

かつて、養蚕は秩父地方の主要産業で、富をもたらす蚕を農家は「お蚕《こ》様」と呼んだ。それだけに、病気に罹りにくい蚕は農民の悲願であり、良質の蚕種（農民はタネと呼んだ）の製造こそ地方の養蚕業の土台をつくる仕事であった。

移公子が大麻生村（現熊谷市）の馬場家に嫁ぎ、夫・馬場正一と東京で新婚生活を始めた翌年、昭和十六年の春、一代を築いた祖父が他界した。

同じ十六年十二月八日、日本はハワイ真珠湾のアメリカ海軍基地を急襲し、太平洋戦争に突入する。戦線は太平洋上に拡大し、大陸や南方諸島で数多の若者の命が失われたが、その一人に移公子の夫正一もいた。同十九年一月二十六日、中国河北省で戦死。享年三十二。正一と移公子の結婚生活は、昭和十五年一月から、正一の出征の同十八年九月までのわずか三年八ヶ月であった。

馬場家現当主の馬場登代夫氏は兄正一のことを次のように語っている。

「兄正一は、弟の裕《ゆう》が旧制熊谷中学卒業後、陸軍士官学校に進み、職業軍人になったとき、『この戦争には勝ち目はない』と語っていた。父親がそれを聞いて、憲兵にでも聞かれたら大変なことになるから戸を閉めて話せ、と正一に注意した。」

しかし、正一は召集令状が来たなら日本男児として堂々と出征するとも語っていたという。馬場正一という男は時勢に流されない自立した知性の持ち主であり、その当時の一級の知識人といってもよい人物だった。加えて眉目秀麗な好漢。移公子という才能豊かな女性にとって忘れることの出来ようはずもない男性であり、再婚など思いも寄らぬことだったのである。

移公子は生涯峡のほとりに住み、独身を貫き、正一の命日には必ず馬場家を訪れ、お焼香を欠かさなかった。それは死の前年まで続いた。

移公子は、亡夫正一のおもかげを胸に抱いて生きる若き未亡人として俳句の道に入った。故にその俳句が晴朗であろうはずはなく、薄明の世界で詠み継がれることになる。

二　出世無縁

移公子の弟英雄は昭和二十二年十二月、ソ連タタール州エラブカ将校収容所から帰還した。なお、英雄は平成二十三年十二月二十二日、九十一歳の長寿をまっとうして他界した。

　智昌院慈徳英壽居士

男手を得たのち、移公子の生活にもいささかの余裕が生まれ、俳句にも熱が入る。

金子伊昔紅は「移公子」の俳号を彼女に与え、秋桜子の門を叩くことを勧めた。彼女は夫の姓

「馬場」を用いた。移公子は衆目の認める美貌の未亡人だったが、「馬場」姓を用いたことは、生涯再婚の意志のないことの宣言でもあったろう。

俳句は移公子にとって峡の旧家から外界へつながる一筋の道となった。

移公子は、伊昔紅の句会に参加し、時に山野の吟行に加わりながら研鑽を積み、「馬酔木」へ投句するという方法をとった。昭和二十一年十月号から平成五年十二月号まで、脇目もふらずに、一途に「馬酔木」に投句し続けた。その数二千六百五十四句。

移公子の俳句について、身近にいる仲間の中には、その句の線の細さを批判する者もいたが、移公子の俳句はそれでよい、と弁護したのは伊昔紅だった。

伊昔紅が移公子の資質を見抜いていたと同様に、移公子も伊昔紅の俳句を深く理解していた。「馬酔木」昭和三十九年八月号の「伊昔紅先生のこと」の中で、移公子は、

「選者とは多分異質のものを持っておられ、それが新米の弟子どもと一緒に投句する不利な立場に居られたと思うが……」

と書いている。ここに言う「選者」とは秋桜子のこと。伊昔紅の俳句の本質を見抜いた一文であり、移公子の批評眼の確かさを示すと共に、彼女の賢さを知らしめる文章である。

伊昔紅の死後四年経った昭和五十六年九月に、伊昔紅の薫陶を受けた人々の手によって追善合同句集『玉泉』が刊行された。故人を含む百六人の地方の俳人の作品が載り、また、水原秋桜子、

石田波郷、石塚友二、篠田梯二郎、及川貞、牧ひでを、加藤楸邨、富岡掬池路、栗山理一、草間時彦らの寄稿があった。（波郷の文章は昭和三十九年六月十六日「読売新聞」の書評「句集から」の転載。）

この顔ぶれを見ても伊昔紅の存在がいかに大きかったかを知ることができる。

作品を寄せた百人余は、それぞれ地方の名士や有力者、知識人である。即ち、この地には「皆野俳壇」とも言うべき俳句集団が存在し、この産土から移公子も兜太も誕生したのであった。

右の百六人中、女性は二十七人で、その一人が馬場移公子である。移公子の作品は、本書第二部第二章「馬場移公子追悼文集」の「移公子さんのこと」の中で兜太が紹介している。

皆野町を中心とした百六人とそれを取り巻く人々が俳句にいそしんでいた。この俳句環境が移公子の地方新聞の俳句欄への投句を促す呼び水になっていたと思われる。人は一人では生きられない。俳句も一人で出来る文芸ではない。

移公子は四十一歳の頃、

出世無縁のわが口付けて菖蒲酒　　「馬酔木」昭和三十四年七月号

という句を詠んでいる。

移公子にとって俳句は他者と鎬《しのぎ》を削りあうようなものではなく、作句そのものが生きるということであった。

句集『峡の雲』によって昭和六十年度「俳人協会賞」受賞後も、俳句総合誌への投句はほとんどなく、私の知る限りでは、わずかに昭和六十一年八月号の「俳句研究」誌に「梅雨」と題する九句が載り、以後『俳句研究年鑑』昭和六十二年度版から平成五年度版までの「自選五句」に稿を寄せているに過ぎない。

第二句集『峡の雲』（発行部数三百）が俳人協会賞を受賞したとき、周囲の人たちは句集の増刷を進めたが、移公子は断固として応じなかったという。これを機に自分を売り出そうなどという野心は微塵も無い人だったのだ。

三　彼此を繋ぐ夢

曼珠沙華いづこを行くも農婦の眼　「馬酔木」昭和二十九年十二月号

蛙囃す働かざるが農の敵　同　昭和三十三年九月号

黴の香の帯因習を巻く如く　同　昭和三十四年十月号

秩父という山国は、「深窓の佳人」と他者から呼ばれる女性が、安穏と暮らすことなど許さない風土である。旅人には見えない因習もある。「秩父名物ご存知あるか嬶《かかあ》天下に屋根の石」と俚謡にあるように、養蚕農家にとって、女性は男性以上の働き手であった。移公子は絶えず自分に注がれる「農婦の眼」を意識し、徒食の白い手を恥じていた。

だが、農婦の眼は冷たい視線ではない。蚕種製造所として地方の経済に貢献した旧家の人、戦争で夫を亡くした未亡人……。農婦の眼は敬意と憐憫の入り混じった視線であったろう。その視線を〝痛み〟と感じたのは、薄明の詩人移公子の感受性である。

夜の枯野つまづきてより怯えけり

昭和二十四年三月号の「馬酔木」巻頭五句の一句。プロローグでも触れたように、若き日の移公子は何かに怯えている。

その怯えをもたらしたものは、度重なる身内の死ではなかったか。

祖父　定三郎　昭和十六年三月七日　七十六歳
夫　馬場正一　昭和十九年一月二十六日　三十二歳
祖母　クマ　昭和二十年一月十九日　七十六歳
父　惣三郎　昭和二十一年一月十二日　五十三歳

亡き兵の妻の名負ふも雁の頃　「馬酔木」昭和二十八年十二月号

夫正一の戦死による傷心を抱いて生家に帰った移公子は、祖母の死、そして旧家と蚕種製造所を祖父より引き継いだ父の死に遭遇する。気丈な母に寄り添う痩軀の移公子が途方に暮れる様子が目に見えるようである。移公子は足元に開いた暗く深い穴に怯えたのである。しかし、やがてこの怯えは、私淑した波郷の死、叔父の死、ことに若い身内二人の死によって別の何かに変化を遂げたのではないか。

第二句集『峡の雲』に二人の死が隣り合って詠まれている。昭和四十七年のことである。

義妹千鶴子、交通事故にて急逝

微傷だになき顔眠る花の下

花散るやうつつに柩出づる刻

春暁の子を起す亡きひとのこゑ

喪の底に月日失せをり初蛙

母の日が来ぬ紛れなき遺児ふたり

新井家の墓碑銘に、「行年三十八才」とある。

妹、松岡かづ江肺癌のため没す

病み耐へし翳もとゞめず五月の死

芍薬に死顔よしとほめてやらむ

死の退院紫陽花に藍走りけり

魂のごと白木蓮二つ梅雨に咲く

かづ江は移公子より十歳年下の妹。享年四十四。

波郷夫人あき子は、移公子の身を案じて句を寄せている。

重なる喪単衣《ひとえ》の肩に耐へうるや　　あき子（『石田あき子全句集』）

あき子夫人でなくとも、後年の一読者でしかない私も、はらはらするような気分で作品を読んでいる。しかし、句集を読み進めるうちに、二人の死から一年あまり経て、

落し文冥府の妹はもう病まず　　「馬酔木」昭和四十八年八月号

という句に出会う。肺癌に苦しんで逝去した妹だが、彼岸の妹はもう苦しむこともなく、「死顔よしとほめて」やったその顔のまま、先に逝った祖父母や父と語り合っているだろう、という思いの籠もった句であろう。死への怯えはここにはない。むしろ、冥府は、妹にとっては安堵の地なのである。

移公子にとって、若い二人の死は、彼岸を身近に感じさせたのではないか。

こう思いつつ、ある文章を思い出していた。

私にとって死の恐怖は如何にして薄らいでいったか。自分の親しかった者と死別することが次第に多くなったためである。もし私が彼等と再会することができる――これは私の最大の希望である――とすれば、それは私の死においてのほかは不可能であろう。仮に私が百万年生きながらえるとしても、私はこの世において再び彼等と会うことのないのを知っている。そのプロバビリティー（＊確率）は零《ぜろ》である。私はもちろん私の死において彼等に会い得ることを確実には知っていない。しかしそのプロバビリティーが零であるとは誰も断言し得ないであろう。死者の国から帰ってきた者はいないのであるから。二つのプロバビリティーを比較するとき、後者が前者より大きいという可能性は存在する。もし私がいずれかに賭《か》けねばならぬとすれば、私は後者に賭けるのほかはないであろう。

文中の「私」とは哲学者の三木清。右は、著書『人生論ノート』の「死について」の一節。特別なことを言っているようにも思われないが、「死者の国から帰ってきた者はいないのであるから」というあたりまえの言葉が不思議な説得力を持つ。生きている者は、死後のことを誰も知らないのだ。故に死後、先に逝った人々と会えるという確率は零ではないのである。いつかは彼の世の人と会えるという「最大の希望」を、詩は夢の世界で擬似体験させてくれる。

相馬遷子先生を悼む

黄泉路にも日脚伸びゐむ後ろ影　「馬酔木」昭和五十一年四月号

黄泉路を遠離る人影を眼前にして、あたかも移公子自身が黄泉路に立っているかのようなリアリティーを持つ句である。季語「日脚伸ぶ」を配し、移公子は黄泉路にも時が過ぎ巡る季節があるとして詠んでいる。この想像力は、「夢を詠む」こととなって現世と黄泉の世界を繋ぐ。

紫陽花に夢のつづきの黄泉のいろ　「馬酔木」昭和五十一年九月号

おのが死を夢見し朝の風邪ごころ　　同　昭和五十三年二月号

やがて、苦楽を共に歩んできた母が他界する。

移公子の母コウは、武川村の旧家大沢家から嫁いできた人。コウの弟は県会議員の大沢武平（在任期間・昭和十三年十一月〜同二十二年一月）。武平は経済界でも活躍した人物。

母永眠

逝く母を逝かせてしまふ夕河鹿　　「馬酔木」昭和五十七年八月号

百千鳥母亡き一夜明けてをり

「逝く母を逝かせてしまふ」とは、手を伸べても、もはや留めることの出来ないもどかしさや儚さであろう。こんな悲しみの中にあっても、時は過ぎ、夜が明ければ、夕べの河鹿の声に替わって、小鳥の囀りが古屋を包んでいる。ひとり佇む移公子には、母の居ないことが虚の世界のように思われたであろう。

移公子はしばしば夢を見る。母はことあるごとに夢の中にやってくる。

さりげなく夢に母ゐて盆支度　　句集『峡の雲』のための新作

歳晩や何を知らせに夢の母　　同

身は現世にありながら、いつでも彼の世の母と夢の世界で会うことが出来た。覚めれば消える幻ながら、俳句という詩の力によって彼此を繋ぐ夢の架け橋を渡ることが出来た。

四　かなしみを超えたかなしみの詩

第二句集『峡の雲』の帯文には、「著者は秩父の峡深く、むしろ世に顕れることをひたすら避けるかのようにつつましく生きる旧家の佳人」と書かれている。移公子をよく知る人による帯文である。移公子は、賢治も歌に詠んだ美しい薄明の峡に、静かに生きた一人の俳人であった。自然のただ中に棲む移公子であったが、自然を美しいものとして詠んだ句は少ない。自然を美しく詠むのは、「旅人」である。「風景は芭蕉によって発見された」と言ったのは誰であったか。自然に溶けこんで生きる移公子にとって、自然は美しく詠むべき客体ではなかった。移公子は峡に身を置いて「我《われ》」を詠んだ俳人である。

螢火やひとりの歩みすぐかへす　　『峡の音』

木枯に袖かきあはす夜の使ひ
諭されし身を片蔭に入れいそぐ
手向くるに似たりひとりの手花火は
いなびかり生涯峡を出ず住むか
別れ蚊帳上体月の中に覚む
焦心の髪洗ふなり雪の日に
吾のみの雪の足跡にわが追はれ
柿剝く刃寂しき目鼻映るなり
頰のしみはた胸の汚点梅雨きざす
柘榴の実なみだの粒に似しを食む
麦秋の蝶ほどにわが行方なし
息浅くして大寒の底にあり
盆みちや露の足あとわが付けて
夢の中より鳴きいでて朝の雉子

『峡の雲』

美貌を讃えられた女性が「頰のしみはた胸の汚点」と詠んでいる。こういうことを詠める女性はほとんどいないだろう。移公子という人は強い女性だと思わざるを得ない。移公子はかなしみを超えているゆえに強いのだ。この強さを生みだしたものこそ幾人もの親しい人々との永訣、そして俳句という詩であった。

福永耕二は「馬場移公子鑑賞」（第二部第一章所収）において、

草摘むや生ひ立ちし野に顔古び　　移公子（『峡の音』）

を引いて「自己をこのように凝視することは、かりそめに出来るものではない。かなしみをうたうことをやめた心のなんというかなしみであろうか」と語っている。若くして逝った俊才福永耕二のみごとな移公子評である。

霜の華ひと息の詩は胸あつし　　移公子（『峡の雲』）

昭和三十四年の暮、四十一歳の移公子は軽い結核で入院した。右の句は明けて迎えた元旦の句。ひと息の詩とは無論俳句のこと。移公子にとって俳句は胸をあつくしてくれる詩であった。移公子は入院という孤独の中で句を詠み続ける。

「物が真に表現的なものとして我々に迫るのは孤独においてである。そして我々が孤独を超えることができるのはその呼び掛けに応える自己の表現活動においてのほかはない。」（三木清『人生論ノート』「孤独について」）

移公子は俳句を詠むことによって孤独を超えたのである。移公子の俳句は当初の「怯え」から「かなしみ」を詠い、やがて涙の後のすがすがしさのような「かなしみを超えたかなしみの詩」へと昇華した。移公子は、人として存在すること自体のかなしみを知っていた人であった。

本書の題を何にしようかと考えているとき、峡のせせらぎの音のように「峡に忍ぶ」という言葉が聞こえてきた。

「忍ぶ」とは、「耐える」という受け身の消極的な生き方ではない。また「隠栖」とも違う。「忍ぶ」とは俳人にとって、詩魂を、命を育むように懐深く抱いて生きること、無欲無私に至ろうとして心を砕いて生きること、心を透明にし、遙かなものに思いを馳せて生きることである。移公子はそのことを身をもって実践した天性の俳人であった。

移公子の「辞世」の句はさだかではないが、晩年の夢の句はいずれも辞世めく。

世を終る夢月明の花を見て　「馬酔木」昭和六十二年六月号　六十九歳

移公子にとってこの世を終わることはもはや恐れではない。彼岸には、肉親や友人達、そして何よりも、手を挙げて移公子を迎える夫正一がいる。

*

本書執筆に当たって多くの方々から貴重な資料や激励、助言、直接間接の示唆を賜りました。左に記して感謝します。

金子兜太様（「海程」主宰）――拙著刊行に至るまで数回発行した「馬場移公子研究」なる冊子をお送りしたところ、その都度鄭重なる激励のお葉書を頂き、奮起させられました。若き日の移公子を知る兜太先生には貴重な序文を賜りました。

黒田杏子様（「藍生」主宰、「件」同人）――馬場移公子の資料を保存されている皆野町の塩谷容氏を紹介して頂き、その後度々激励のお便りをたまわりました。出版についてのアドバイスなど、杏子先生なくして拙著の出版はありえなかったといっても過言ではありません。賜りました跋文は兜太先生の序文と共に、今後、移公子を語る上で得難いものとなるでしょう。

金子千侍様（「寒雷」同人）――ご尊父伊昔紅先生の『雁坂随筆』をご恵贈いただき、拙著執筆の端緒を開いて下さいました。移公子の最後を看取られた医師です。

水原春郎様（「馬酔木」前主宰）――「馬酔木」掲載の移公子の句文の転載を快諾して頂きました。さらに、ご夫人より鄭重な激励のお電話を頂きました。ご夫人は、平成六年二月十九日の移公子の葬儀に参列されたとのことです。

新井浩之様（馬場移公子生家当主）――馬場移公子の句集転載のご快諾を頂き、ご尊父英雄様のシベリア抑留と帰還に関する情報、移公子の嫁ぎ先などを教えて頂きました。

馬場登代夫様（移公子の亡夫・馬場正一様ご遺族）――これまで全く知られていなかった移公子の夫・馬場正一について、学歴、職業、出征の日、戦死の地、ご遺影など、貴重な事柄を教えて頂きました。移公子は没する前年まで、夫正一の命日には毎年墓に詣で、大麻生の家を訪ね仏前にて焼香をしたということです。賢夫人の名にふさわしい人でした。

塩谷　容様（秩父皆野町の名店「うなぎの吉見屋」店主）――故・塩谷孝〈「鶴」同人〉のご子息。ご尊父・孝氏の遺言により、秋桜子、波郷、楸邨、伊昔紅、移公子、兜太など俳句関係の資料を大量に保存されています。本書掲載の写真の提供、移公子に関するお話などさまざまなご教示を頂きました。

大峯あきら様（「晨」代表、哲学者）――小生が同人として参加している「晨」の代表。三木清の『人生論ノート』については、「晨」同人総会でのお話よりヒントを頂いたものです。

徳田千鶴子様（「馬酔木」現主宰）――「馬酔木」誌よりの句文の引用をお許し頂きました。

橋本榮治様（「枻《かい》」代表、「馬酔木」「件」同人）――「馬酔木」元編集長である氏には、徳田千鶴子様へのお取次をして頂きました。生前の馬場移公子を知る人。句会で自句を特選に採ってもらったことがあるということです。

新井研吾様（長瀞町立長瀞第二小学校校長）――旧樋口尋常高等小学校の古い学籍簿を調査して頂きました。「新井マサ子」という同姓同名の生徒が同学年に二名、一級上に一名居たこともあり、移公子本人の確認のためにご苦労をおかけしました。

常木周三様（「鶴」同人、長瀞俳句会会長）――長瀞町教育委員会のご紹介で、馬場移公子のことをお訊ねしました。移公子と句会を同席されたこともある方で、移公子が写真嫌いだったこと、色紙、短冊などはほとんど書かなかったことなど様々なことを教えて頂きました。

佐瀬英雄様（長瀞町「洞昌院」〈萩の寺〉住職）――ご本人も俳句を作られ、寺の庭に移公子、兜太、ご本人の句碑を自費で建てられました。移公子の生家は本寺の檀家です。

宗田安正様（俳人、評論家、編集者）――移公子関係の出版物にある移公子の写真の所在をお訊ねするなど、お世話になりました。

藤原良雄様（藤原書店社主）――「日本経済新聞」に評伝が連載されるなど著名な出版人。フランス関係の書籍を多数手がけた功績により、仏芸術文化勲章を受章されました。

山﨑優子様（藤原書店）――京都大学卒業後、藤原書店を第一希望として入社されたすぐれた編集者。拙著を担当して頂きました。

「俳句文学館」閲覧室の皆様――大量の書の閲覧やコピーに快くご協力頂きました。

「熊谷市立大麻生公民館」職員の皆様――馬場移公子の亡夫・馬場正一氏のご遺族を紹介して頂きました。

本書は馬場移公子への供華として書きましたが、今後の馬場移公子研究のための資料集となれば幸いです。

馬場移公子生誕九十五周年・没後二十周年
平成二十五年（二〇一三）二月十七日　移公子命日に

（編著者　識）

編著者紹介

中嶋鬼谷（なかじま・きこく）

本名・幸三。1939（昭和 14）年 4 月 22 日、埼玉県秩父郡小鹿野町に生る。1989 年加藤楸邨に師事。1992 年「寒雷」同人。

句集『雁坂』（蝸牛社刊）『無著』（邑書林刊）。

評伝『井上伝蔵――秩父事件と俳句』（邑書林刊）『井上伝蔵とその時代』（埼玉新聞社刊）。

評論『加藤楸邨』（蝸牛社刊）『乾坤有情』（深夜叢書社刊）。

現在「晨」（大峯あきら代表）同人。日本文藝家協会・日本ペンクラブ会員。

峡《かい》に忍《しの》ぶ　**秩父《ちちぶ》の女流《じょりゅう》俳人《はいじん》、馬場移公子《ばばいくこ》**

2013年5月30日　初版第 1 刷発行©

編著者　中　嶋　鬼　谷
発行者　藤　原　良　雄
発行所　株式会社　藤　原　書　店

〒 162-0041　東京都新宿区早稲田鶴巻町 523
電　話　03（5272）0301
FAX　03（5272）0450
振　替　00160 - 4 - 17013
info@fujiwara-shoten.co.jp

印刷・製本　中央精版印刷

Printed in Japan
ISBN978-4-89434-913-1

この十年に綴った最新の「新生」詩論

生光　せいこう

辻井喬

「昭和史」を長篇詩で書きえた『わたつみ 三部作』（一九九二〜九九年）を自ら解説する「詩が滅びる時」。二〇〇五年、韓国の大詩人・高銀との出会いの衝撃を受けて、自身の詩・詩論が変わってゆく実感を綴る「高銀問題の重み」。近・現代詩、俳句・短歌をめぐってのエッセイ——詩人・辻井喬の詩作の道程、最新詩論の画期的集成。

四六上製　二八八頁　**二〇〇〇円**
（二〇一一年二月刊）
◇978-4-89434-787-8

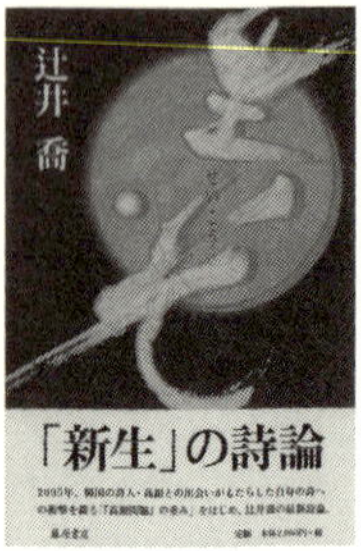

江戸後期の女流文人、江馬細香伝

江馬細香（化政期の女流詩人）

門 玲子
序＝吉川幸次郎

大垣藩医・江馬蘭斎の娘に生まれ、江戸後期に漢詩人・書画家として活動した女流文人、江馬細香（一七八七—一八六一）の画期的評伝、決定版！　漢詩人、頼山陽がその詩才を高く評価した女弟子の生涯。

四六上製　五〇四頁　**四二〇〇円**　**口絵四頁**
（二〇一〇年八月刊）
◇978-4-89434-756-4

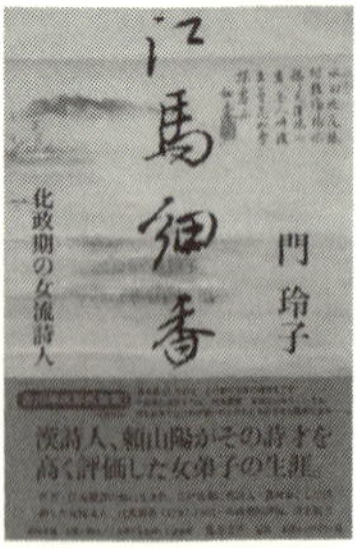

最高の俳句／短歌 入門

語る　俳句　短歌

金子兜太＋佐佐木幸綱
黒田杏子編　推薦＝鶴見俊輔

「大政翼賛会の気分は日本に残っている。頭をさげていれば戦後は通りすぎるという共通の理解である。戦中もかわりなく自分のもの言いを守った短詩型の健在を示したのが金子兜太、佐佐木幸綱である。二人の作風が若い世代を揺すぶる力となることを。」

四六上製　二七二頁　**二四〇〇円**
（二〇一〇年六月刊）
◇978-4-89434-746-5

「人生の達人」と「障害の鉄人」、初めて出会う

米寿快談（俳句・短歌・いのち）

金子兜太＋鶴見和子
編集協力＝黒田杏子

反骨を貫いてきた戦後俳句界の巨星、金子兜太。脳出血で斃れてのち、短歌で思想を切り拓いてきた鶴見和子。米寿を前に初めて出会った二人が、定型詩の世界に自由闊達に遊び、語らう中で、いつしか生きることの色艶がにじみだす、円熟の対話。

四六上製　二九六頁　**二八〇〇円**　**口絵八頁**
（二〇〇六年五月刊）
◇978-4-89434-514-0